DARIA BUNKO

不在証明～アリバイ～

愁堂れな

illustration ※稲荷家房之介

JN282789

イラストレーション✻稲荷家房之介

CONTENTS

この作品はフィクションです。
実在の人物・団体・事件などに一切関係ありません。

不在証明～アリバイ～

1

照りつける太陽の下、援舞の同じ動きを繰り返すうちに、次第に思考力が鈍ってゆく。学生服の黒は灼熱の日の光を集めて、触れればやけどしそうなほどに皆の、そして俺の背中は熱しているに違いない。

応援団員のトレードマークともいうべき鉢巻は、滝のように流れ落ちる汗が目に入らぬためという役割をも担っていることを初めて知った。白い手袋は汗を拭うため——ということはさすがにないか、などと、ぼんやりと考えてしまっている自分に気づき、集中せねばと気持ちを引き締める。

『武蔵野《むさしの》高校の勝利を祈りー』

応援団長のガラガラ声がスタンドに響き渡る。それに唱和する俺の声も酷く嗄《か》れ、喉はひりひりと痛みを訴えている。短期間での練習ではなかなか腹式呼吸など身につくものでもなく、団員の殆《ほとん》どが変声期を迎えたばかりのような酷い声をしていた。

暑い——真夏だというのに、カラーの一番上までぴっちりと留めた学生服は、ぐっしょりかいた汗で重さを増しているような気がする。体に張り付くシャツの感触も鬱陶しいと眉を顰《ひそ》めた俺の目は、斜め前できびきびと両手を動かす『彼』の横顔に引き寄せられていた。

大きく口を開け号令をかけるたび、口元に眩《まぶ》しいほどの白い歯が覗《のぞ》く。輝くばかりの白さを誇るのは歯だけでなく、彼の瞳の白目部分もまた、青みがかっているほどの白い色をしていた。充血など知らないような、幼子でもここまで綺麗な瞳をしてはいまいという目だ。真摯《しんし》な光を湛《たた》えたその目が真っ直ぐに団長を見つめ、やはり嗄れてしまった声を必死に絞り出している、その顔から俺は目が離せなくなる。

見れば見るほど綺麗な顔だった。男の顔を『綺麗』などと思ったのは、彼が最初で——そして多分、最後に違いない。

一体何を考えているのだか——灼熱の太陽に照らされ朦朧《もうろう》としてしまった意識の下で己の考えに苦笑する俺の目の前に、彼の締めた長い鉢巻の端が風に靡《なび》いて、ひらり、と舞った。

俺は思わずその端を捕らえようと手を伸ばし——。


ピーピーという目覚まし時計の電子音が、俺を眠りの世界から呼び起こした。

高校を卒業してから十五年以上経つというのに、懐かしい夢を見たものだ、と溜め息をつきつつ、バスルームへと向かう。頭からシャワーの湯をかぶり、適当に身体を洗ったあと腰にバスタオルだけ巻いて外に出ると、ダイニングテーブルに座りタバコに手を伸ばした。

それにしても懐かしい夢だった。あれからもう十五年——いや、十八年くらい経つ。高校時代、にわか仕込みの応援団に入った、その頃の夢は当時、時折見ることもあったが、社会人になってからは記憶の片隅に追いやられ、夢に見るどころか滅多に思い出すこともなかった。

しかしいくら記憶の片隅に追いやられていようとも、意識下では随分鮮明に覚えていたらしい。十八年前の光景がまるで昨日のことのようにはっきりと細部まで再現されていた夢をぼんやりと思い起こしていた俺は、タバコの灰が落ちそうになっていることに気づいてはっと我に返った。

夢の中では真夏だったが、今はもう部屋の中で裸のままいるには少々寒い季節である。そろそろ支度をしなければならない時間だと、煙草を揉《も》み消し立ち上がろうとするのだが、我ながら今ひとつ動作が鈍い。原因は自分でもよくわかっているだけに情けないと、俺は自身の頰を両手で叩いてカツを入れ、勢いをつけて立ち上がった。

懐かしい夢を見たのは、昨日高校時代を過ごした懐かしいこの地に再び越してきたからだろう。そしてそれはそのまま俺のやる気のなさの原因でもあった。

先日俺に突然の辞令が下った。警察の花形といわれる警視庁捜査一課から、西多摩《にしたま》署の刑事課へという、誰がどう見ても『左遷』としかいえない人事異動である。

ヘマをした覚えは少しもなく、どういうことかと同僚も俺も首を傾げたのだが、命令には従うしかなかった。慌ただしく住居を探してアパートを移り、今日が西多摩署への初出署となった。

もともと出世にはそれほどの興味はないつもりだったが、今回のあからさまな左遷には自分でも気づかぬうちに、随分モチベーションが下がっているらしい。まったくもって情けない、と溜め息をついた俺の脳裏にふと、夢に見た『彼』の顔が浮かんだ。

高柳《たかやなぎ》泰隆《やすたか》――名前を思い出すことも最近ではなくなったが、突然彼が俺の前から姿を消してもう十八年が経つ。元気にしているだろうか、とまたもぼんやりとしかけた俺は、いけない、と軽く頭を振って懐かしいその顔を追い出すと、夢の中の彼さながら、きびきびとした動作で服を身につけ始めた。

泰隆は何に関しても一生懸命に取り組む、真面目な男だった。かといって面白みに欠けるというわけではなく、周囲が見えなくなるほどのめり込むというタイプでもない。非常にバランスのとれた男で、クラスの皆から慕われていた。彼の真摯な姿勢に胸を打たれたことも一度や二度ではなかった気がする。

今頃どこでどういう人生を送っているのか――知り得るチャンスはこの先まあ、ないだろうと思いながらも、せめてかつての彼のその真摯な姿勢を見習おうと、予定より少し早い時間ではあったが家を出て、異動先の署への道を急いだ。

咄嗟《とっさ》の呼び出しに備え、徒歩十五分ほどのところに部屋を借りたため、署にはすぐ到着した。刑事課は四階だと聞いていたので、そのままエレベーターに乗り込み四階を目指す。

八時前だったが、既に刑事課には二名の刑事がいた。宿直明けか、ぼんやりとした顔をしていた若い刑事が、いきなり部屋に入ってきた俺に訝《いぶか》しげな視線を向けてくる。

「はじめまして。秋吉《あきよし》です。本日よりこちらに配属となりました」

よろしくお願いします、と頭を下げると、「あ」と若い男が驚いた声を上げた。

「あ、どうも。ちょっと課長はまだ来てなくてえ……」

どうしようというように、室内にいたもう一人の刑事に目で助けを求めた彼の視線を俺も追う。

「課長から聞いとります。あんたの席はソコですわ」

かなり年配の刑事だった。笑顔を浮かべてはいたが、目は少しも笑っていない。彼が示した席は部屋の中でも最も末席と思われる場所で、俺が警視庁から送った荷物がどこかぞんざいな様子で机の周囲に置かれていた。

「ありがとうございます」

礼を言い、荷物を解き始めた俺に、若い刑事も年配の刑事もちらちらと視線は向けてきたが、手伝おうとする素振りどころか、向こうから名乗る様子もない。もしや俺の異動はこの署ではあまり歓迎されていないのだろうか、と案じながらたった二箱の荷物を開け、中身を机の中に収納し終えたあたりで、ぱらぱらと刑事たちが出署してきた。

「新入りさんだ」

誰か来るたびに、年配の刑事が顎をしゃくって俺を示す。

「よろしくお願いします。秋吉です」

そのたびに俺は頭を下げるが、皆のリアクションは薄かった。ようやく大内《おおうち》という刑事課長が出署したので挨拶に行くと、課長は皆を集め俺を紹介してくれた。

「本庁の捜査一課から本日付で西多摩署に配属になった秋吉満《みつる》君だ。階級は警部補。年齢は、ええと……」

「三十四です」

言いよどんだ大内の横で俺が年を口にしたとき、それまでつまらなそうにしていた刑事たちの間に、驚きの声が沸いた。

「宮崎《みやざき》より上か」

「随分若く見えるな」

こそこそと皆が囁《ささや》き合う中、

「そうですかあ」

先ほどの寝ぼけた顔をした若い刑事が首を傾げている。どうやら彼が『宮崎』なのだろう。見たところまだ二十代前半のようだが、まさか彼より若いということはあるまい、と思ったと同時に、もしやからかわれているのかと気づいた。

「お前、いい加減に目を覚ませ。顔でも洗ってこい」

大内がわざと大仰に呆《あき》れてみせたのに室内がどっと笑いで沸いたが、その笑いの輪の中に俺はいなかった。

「当分、あの宮崎と一緒に行動してくれ。彼は新人だがキャリアでね。本庁の捜査をぴしっと叩き込んでもらいたい」

大内がそう笑い、俺の肩を叩いたが、彼の口調からも顔からも、言葉と本心がかけ離れていることはよくわかった。

「よろしくお願いします」

頭を下げた俺に、「よろしく」と答える刑事たちの声がおざなりに聞こえるのも決して被害妄想ではなさそうだ。もともと所轄は本庁に対しあまりいい感情を抱いていないというのが定説であるが、この西多摩署にもその『定説』がきっちりとまかり通っているらしい。

疎《うと》まれているのは本庁か、はたまた俺自身かはわからないが、と思いながら俺は、一応刑事の一人一人に挨拶したあと、自分の席へと戻った。

「あのお、僕、今日、宿直明けでこれから帰るんですけど」

大内に言われたとおり顔を洗ってきたらしい宮崎は、俺の隣の席だった。どこかぶすっとしているのは、単なる寝不足のせいなのか、はたまたそれが彼の地なのか、それとも俺に悪感情を抱いているのかはさすがに現段階では判断できなかった。

「そうですか」

他に相槌《あいづち》の打ちようがなく頷《うなず》いた俺の前で、宮崎はばりばりと頭をかいたあと「ですからあ」と言葉を続けた。

「もう今日は僕、帰りますんでえ、あとは適当に、調書とかパソコンとか見といてください」

「わかりました」

新人だそうだが、もしも彼が配属時俺の下にこようものなら『適当』とはなんだときつく問い詰めているところだ。それ以前にだらしのないその喋《しゃべ》り方をなんとかしろと怒鳴りつけていただろう。

さすがに赴任《ふにん》初日では注意もできないと内心肩を竦《すく》めつつ頷いたのは、周囲の刑事たちが気のない素振りを見せながらも、俺たちのやりとりに耳をそばだてている気配を感じていたためでもあった。

だが宮崎は他人からどう見られようがまったく頓着《とんちゃく》しない性質《たち》なのか、はたまた周囲の視線に気づいていないのか、

「それじゃあ」

といかにも面倒くさげに手を振り席を立とうとした。と、そのとき卓上の電話が鳴り響いた。

「はい、西多摩署刑事課」

真っ先に応対に出たのは大内だった。周囲に一気に緊張が走ったところを見ると、どうも

一一〇番センターからららしい。皆が席を立つのに俺も倣《なら》い、課長席へと歩み寄った。

「……はい、はい、わかりました。昭和《しょうわ》の森《もり》ですね。すぐ向かいます」

大内がメモにとった場所を復唱して電話を切る。

「どうしました」

大内に声をかけたのは、古参の三木《みき》という刑事だった。俺に席を教えてくれた、人当たりがよさそうでいて、実は目が笑ってないという食えない男だ。

「昭和の森ゴルフ場で発砲事件だ。すぐ向かってくれ」

「発砲？　被害者は」

「ヤクザがらみでしょうか」

刑事たちが口々に疑問を口にする中、大内が檄《げき》を飛ばす。

「いいから行け。ちなみに被害はナシ、狙撃された相手は一応ゴルフ場に足留めしてある」

どうも大内はかなり短気であるらしい。その上彼は刑事たちから相当恐れられているようだ。

「わかりました！」

皆が皆、口々に返事をしながら飛び出していく。指示は出ていないが俺も行くか、と彼らのあとを追おうとした俺の耳に、大内の苛立った声が響いた。

「宮崎！　何ちんたらしてる！　早く新入りを連れて現場へ向かえ」

「えー」

驚くべきことに、宮崎はこの状況下、一人マイペースで帰り支度をしていたのである。しかも皆が恐れているらしい課長に口答えまでしようとしているあたり、彼は相当図太いか鈍いに違いなかった。

「何が『えー』だ。とっとと行け！」

「わかりましたあ」

いやいやであることを隠そうとしない態度が俺を驚かせた彼が、実は東京《とうきょう》大学出身のキャリアの中のキャリアであることをあとから知った。警察学校での成績もトップだったらしいが、一体学校は何を基準に点をつけるのか、まったくもって不可解である。

「ええと、秋本《あきもと》さんでしたっけ」

しかも彼は記憶力もそうよくないらしい。

「秋吉です」

「車、運転できますよね」

呼び間違いを謝るでもなく問いを重ねてきた彼に、さすがに俺もむっとしたのだが、続く彼の言葉は更に失礼としかいいようのないもので、俺は怒りを通り越し呆れてしまった。

「だったらお願いします。行き先は昭和の森のゴルフ場だそうですから」

「ちょっと待ってください。まだ土地勘がなくて場所がよくわかりません」

年功序列を声高に主張するつもりはないが、宮崎の態度は目に余った。一体どういう新人教

育を受けているんだと声を荒立てつつ断ると、

「僕、宿直明けで眠いんですよ。事故っちゃ大変じゃないですかあ。回避できるリスクは回避しないと。ねえ」

人を食ったとしかいいようのない答えを返され、こりゃ駄目だ、と俺は早々に彼を正しき道へと導くことを諦めた。

「わかりました。行き方を指示してください」

何を言ったところで彼の態度が改まることはそうそうないだろう。西多摩署の刑事課では東大出のキャリアは彼一人だったかもしれないが、中央には掃いて捨てるほどいる。現に本庁で俺とペアを組んでいた島田《しまだ》も東大出身だった。

多分この宮崎も中央進出を狙《ねら》っているであろうから、行ったその場で縦社会の厳しさを嫌というほど思い知るがいいと俺は心の中で毒づくと、彼が受け取れとばかりに差し出してきた車のキーを手に取った。

「前の車についてきゃあいいですよ。それに、ナビもついてますんでえ」

ああ、眠いと欠伸《あくび》を嚙み殺している宮崎に舌打ちしたくなる気持ちをぐっと抑え込み、次々と署を出てゆく覆面パトカーのあとを追う。

西多摩署の所在地は、中央《ちゅうおう》線の立川《たちかわ》と国立《くにたち》の間であり、昭和の森ゴルフ場までは車で二十分もかからなかった。四台の覆面パトカーが次々とゴルフ場のゲートをくぐるあとに続き、クラブハウスの前で車を停めると、生欠伸を嚙み殺している宮崎が車を降りるのを待たずに他の刑事たちの背を追い、建物の中へと向かった。

ロビーには十数名の男たちがいたが、不安そうな顔をしている者、憮然《ぶぜん》とした顔をしている者、さまざまだった。先に到着していた制服の警官が俺たちに向かって走り寄ってくる。

「狙撃犯は白いセダンで逃走しています。拳銃は持ったままです。非常線の配置を先ほど西多摩署に依頼しました」

「わかった。二手に別れよう。木下《きのした》たちは逃走犯を、宮崎と三木さんたちはこちらの皆さんの聞き込みを。すぐに本庁さんが来るだろうから事情を説明しておいてくれ」

場を仕切ったのは、田中《たなか》という警部だった。課ではナンバーツーの役職であるらしい。

「わかりました」

「すぐ向かいます」

逃走犯を追えと指示された刑事たちがきびきびした動作で、今入ってきたばかりのドアを出てゆく。俺はどちらと言われたわけでもないが、宮崎と行動を共にしろということであったから居残り組みだろうと判断し、その場に残った。

「そしたらまず、被害を受けられた方のお話を伺いましょうか。狙われたのは誰ですかな」

残ったのは四名だったが、こちらの主導権を握ったのは三木だった。宮崎は未だに眠そうな顔をしており、使いものにはならなそうである。

「狙撃された皆さんは今、二階の食堂で待機していただいています」

こちらです、と警官が礼をし、俺たちを案内しようと踵《きびす》を返した。ロビーにはまだ椅子は余っていたというのに、被害者だけ隔離しているのには何か理由があるのだろうかと、内心首を傾げていた俺の前を歩く三木が、階段を上りながら先頭の警官に問いかけた。

「なんで被害者だけ食堂なんですかな。一緒にロビーに待たせりゃいいようなもんですが」

彼もまた俺と同じ疑問を抱いたらしい。

「実は他の客たちが怖がりまして……」

警官の答えに、そういうことか、と頷いたタイミングも、俺と三木は一緒だった。

「もしかしてコレですかな」

三木が自分の頬にさっと傷をつける真似をする。その筋の者かと――いわゆる暴力団関係者かという考えは、俺の頭にも浮かんでいた。

「ええ。青龍会《せいりゅうかい》の若頭です。本人はまあ優男《やさおとこ》なんですが、ボディガードがいかにもという感じで……」

青い龍の会と書く、と聞いてもその暴力団の名は知らないものだった。本庁で俺が主に担当していたのが企業犯罪で、切った張ったの暴力団とはとんと馴染《なじ》みがなかったのである。

「菱沼《ひしぬま》組系ですか?」

「さあ、どうなんでしょう。詳しいことはちょっとわかりません」

菱沼組というのが関東最大の組織であることくらいは知っているが、と思いながら三木と警官のやりとりを聞いているうちに、二階の食堂へと到着した。

「奥のテーブルにいます。銃を向けられたのは神宮寺《じんぐうじ》という男で、先ほども言いましたがあの中では一番偉い。役職は若頭だそうです」

こそこそと警官が三木に囁いたあと、「こちらです」と食堂のドアを開いた。

普段であればハーフのラウンドを上がった客たちが談笑しているであろう広い食堂に、客は一組しかいなかった。ぽつりと一人立っていたウエイターが警官の姿を見てほっとした顔になる。

「おおい、ビールだ。ビールがねえぞお」

奥からいかにもといった感じのガラの悪い声が響いてきたのに、制服姿のウエイターの肩がびくっと震えた。

「もういいから、一階に下りてなさい」

三木がウエイターの肩をぽんと叩く。相当ビビッていたのか、若い彼は返事もせずに食堂を飛び出していった。

「さて行くか」

三木が振り返って声をかけたが、彼の目は俺に向けられてはいなかった。

「ヤクザかあ」

憂鬱そうに溜め息をついた宮崎が三木のあとに続き、俺はそのあとに続いて、奥でどうやらそれまで横暴の限りを尽くしていたと思われる暴力団員たちのほうへと向かった。

「なんだよ、ビールはどうした」

ゴルフは紳士のスポーツであるから、ゴルフ場に出向くのには一応シャツは襟つき、そしてジャケット着用などの服装コードがある。確かに奥にいた七名の男たちのシャツに襟はあったし、ジャケットも身につけていたが、新宿《しんじゅく》は歌舞伎町《かぶきちょう》にいるときそのままのいでたちはクラブハウスでは浮きまくっていた。

中に二人、ゴルフウエアの男がいる。一人はかなりの年配の男で、青ざめたその顔には見覚えがあった。

記憶に間違いがなければ、大手といわれる会社の経営者なのだが、と思いながら俺は、もう一人のゴルフウエアの男に目を移した。

ちょうどこちらに背を向けていたその男は、俺たちが近づいていったことなど興味がないとばかりに、後ろを振り返りもせず煙草をふかしている。後ろ姿、しかも座っているので体型などはよくわからないが、それほどがたいがいい様子はない、痩《や》せ型で長身の男のようだった。

多分彼が狙撃されたという若頭なのだろう。『優男』といわれたのは多分、彼の髪型のせいもあるのではないかと思われた。真っ黒かつ真っ直ぐな黒髪は肩のあたりまでの長さがある。男にしては長髪だな、などと俺が考えているうちに、三木が彼らに警察手帳を差し出した。

「すみません、ちょっとお話をお伺いしたいんですがね」

「警察なんざ呼んじゃいねえよ。ビールはどうしたっていうんだよ」

チンピラの一人が喚《わめ》き立てるのを三木は「まあまあ」と軽くいなし、彼らの方へと一歩を踏み出してゆく。聞いたわけではないので単なる憶測だが、三木は多分現場叩き上げの刑事なのだろう。ヤクザ相手に度胸が据わっていることからそれがわかる。一方新人の宮崎は典型的な『頭でっかち』のようで、本物のヤクザを見たのは初めてかと思うほどに顔を強張らせ、立ち止まった位置からは一歩も前に出ようとしていなかった。

「話だったらさっきのオマワリに散々したよ。こちとら被害者だぜ？　いつまでこんなところで足留めさせられんだよ。あ？」

三木が一見好々爺《こうこうや》に見えるからだろう、粋がったチンピラがますます声を荒立てる。

「いつまでというお約束はできないんですがね。まあ、できる限り早くすむよう、努力はしますんで」

「ふざけてんじゃねえぞ。俺たちだって暇じゃあねえんだ。とっとと帰らせろって言ってんだよ」

一触即発、人を食ったような三木の態度にチンピラたちがいきり立つ。

「お前たちより明晴《めいせい》不動産の上月《こうづき》社長のほうが忙しいと思うがね」

面倒なことになる前に先手を打とうと、俺は敢《あ》えて彼らの中で一人身を竦ませていた男の社名と役職を口にした。

途端に男が――上月社長がびくっと身体を震わせ、彼のリアクションに呼応するようにチンピラたちが、うっと息を呑む。

「わ、私はまったくの無関係です。その場に居合わせただけですので……」

額の汗を拭いながら上月がぼそぼそと俺に向かって言葉を発し始める。その様子をチンピラたちが、どうしようというように見守っている中、背を向けて座っていた男の手がすっと上がった。

「上月社長、それ以上は何もおっしゃらないほうがいいでしょう」

張りのある美声。たいして大きな声を出しているわけではないのに、男の声は広々とした食堂内によく響いた。

どこかで聞いたことがあるような――記憶を辿《たど》ろうとした俺の目の前で、男が椅子から立ち上がる。

「ヤクザとゴルフをしていたというだけでは、罪に問われることはありませんからね」

歌うような口調で男は上月にそう言うと、ゆっくりと俺たちを振り返った。流れるようなその動きにさらり、と彼の黒髪が靡く。

「警察も人が悪い。この場でわざわざ社名を出すとは、まるで脅迫ではないですか」

揶揄《やゆ》しているのがありありとわかる口調でそう言い、笑いかけてきた男の顔を見たとき、驚きのあまり俺は思わず、決して小さいとはいえない声を上げてしまった。

「あ」

「……………」

男もまた俺の顔を見て、驚いたように眉を高く上げている。

「お知り合いですか」

茫然と立ち尽くす俺に、横から三木が不審そうな視線を向けてくる。

「……あ、いや……」

まさか、という思いが俺の答えを曖昧《あいまい》にした。先ほど聞いた名はそれこそ俺の『知り合い』である彼のものとはまるで違う。

だがどう見ても目の前にいる男は——青龍会というヤクザの若頭だという彼は、俺のよく知る男とあまりにも面差しが似すぎていた。

名は違う。だが彼もまた俺を見て驚いているということは、やはり——？

「刑事に知り合いがいるほど、私は顔が広くはありません」

言いよどむ俺の代わりにとばかりに、男がくすりと笑い、ゆったりした歩調で俺や三木のほうへと近づいてくる。

「はじめまして。神宮寺泰隆です」

軽く頭を下げたとき、またサラリと彼の黒髪が白い小さな顔の周りで揺れた。

見れば見るほど整っているその顔は、十八年前に別れた彼、そのものである。

泰隆——名まで一緒ということは、と改めてまじまじと顔を見返した俺に、神宮寺はにっこりと微笑み会釈を返してきた。

「私の顔に何かついていますか?」

あたかも初対面であるかのようなよそよそしい素振りをしてはいたが、彼は間違いなく俺の知る男——今朝夢に見たばかりの高柳泰隆、その人だった。

2

「早々にホシの身元が割れてよかったですな」

「ラッキーでしたよ。たまにはこんなこともないとねえ」

昭和の森ゴルフ場から西多摩署に戻る車の中、後部シートで三木と宮崎が歓談している。聞くとはなしに彼らの話を聞きながらハンドルを握る俺の頭の中には、今別れてきたばかりの彼の――泰隆の顔が浮かんでいた。

結局あのあとすぐに本庁の刑事たちがやってきて、あの場にいた者全員を順番に一人ずつ呼び出し話を聞いたのだが、ゴルフ場の職員が最近頻繁にゴルフ場内で見かけていた不審な男と、青龍会と共にラウンドしていた大手企業の経営者、上月が見た狙撃犯の容姿がそっくり同じであることがわかり、それで狙撃犯の身元が割れたのだった。

職員はその『不審な男』に見覚えがあった。立川の競輪場で時折顔を合わせる男で、一度大穴を当てたからといって酒を奢《おご》られたことがあったという。

名前は山内《やまうち》、住居は錦《にしき》町だと言っていたという男の話に嘘はなかったようで、すぐに身元が割れ、即座に指名手配されることとなった。

山内秀雄《ひでお》、三十二歳。拳銃を使用していることと、狙った相手が暴力団員だったため、狙撃犯は他の暴力団のチンピラが鉄砲玉に仕立て上げられたのではないかというのが、本庁の、そして所轄の読みだったのだが、意外にも山内は暴力団とは無関係の無職の男だった。

傷害の前科はあったが、三年前に刑務所を出たあとは逮捕歴はなかった。ごく最近まで建設現場で日雇いの土木作業員をしていたことがわかったが、ヤクザとの繋がりはすぐには見えてこなかった。

ただ無類のギャンブル好きな上に、最近はツキに見放されてしまったと常にピーピー言っていたそうなので、金に目が眩んで鉄砲玉に雇われたのではないかという捜査方針のもと、彼の行方と、彼に拳銃を渡した暴力団の割り出しにかかることになり、それで一旦俺たちは署に戻ることとなったのだった。

山内がまだ拳銃を所持している件を公表するかしないかで、本庁と所轄が揉めることになるのではないかと案じながらも、先ほどから俺の頭を占めているのは山内ではなく、狙撃された相手、神宮寺のことだった。

ひととおりの話を聞き終わると、神宮寺は——正確には彼本人ではなく、配下のチンピラたちが、であったが——すぐにゴルフ場を出たいと騒ぎ始めた。

自分たちは被害者である、足留めされるいわれはないと主張されては通すしかなく、連絡先を聞いて早々に帰したのだが、最後まで泰隆は俺を見ようとしなかった。

やはり人違いか。しかし名まで一緒、顔も一緒などという偶然があるわけがない。どう考えてもあの神宮寺という若頭は俺の知る『泰隆』なのだが、何故彼は俺のことなど知らぬように振る舞ったのだろう。

神宮寺というのは本名なのか。それとも名字が変わったのか。だいたい彼は何故に突然俺の前から姿を消したのだろう、と、いつしか俺は過去へと——朝、夢に見たばかりの十八年前へと思いを馳せていった。

高校二年のときに、俺の両親の間に離婚話が持ち上がった。原因は父親の浮気で、愛人に子供ができたのだという。

俺の父は真面目だけが取り得の地方公務員だった。愛情の有無はともかく、父を全面的に信頼していた母の取り乱しようは凄《すさ》まじく、家の中では連日連夜、父母の言い争う声が響いていた。

次第に家に戻るのが苦痛になり、夜遅くまで遊び回るようになった。そのうちに悪い仲間とつるむようになり、両親の離婚が成立した頃には俺はいっぱしの不良少年になっていた。

学校への足も遠のき、よほど気が向いたときでないと行かなくなった。落第するかもしれないと脅《おど》かされても、それなら辞めればいいかと、投げやりなことを考えていた。

クラスメイトもだんだんと俺から離れていった。もともとあまり友人と深く付き合うほうではなく、親の離婚問題が浮上してからは尚更に、何も聞かれたくないあまりクラスメイトとは距離を置くようになっていたので、俺を心配し声をかけてくれるような奇特な人間はいなかった。

ただ一人、高柳だけが――泰隆だけが、俺を案じてくれたのだった、と思い起こす俺の脳裏には、未だ少年の面差しを湛えた十七歳の彼の顔が浮かんでいた。

校内で泰隆の名を知らない者はまずいなかった。それは彼が必ず全国模試の成績優秀者に名を連ねていたからとか、陸上の短距離でインターハイの記録と同タイムを叩き出したことなどが理由のすべてではなかったと思う。

彼の容姿が驚くほどに整っていたこともまあ、原因の一つではあったが、そういった賞賛されるべきことがたとえまるでなかったにしても、多分泰隆の存在は皆に知れ渡っていただろうと思われる。

容姿や能力を超えたところに、泰隆の魅力はあった。一言で言うと、皆が彼を慕っていた以上に、彼が皆を慕っていた。

彼は多分、嫌いな人間というのがいないのではないかと思う。クラスメイトには勿論、クラスや学年を超えて彼は皆に親しんでいた。

カリスマ性などという言葉を、当時の俺は知らなかったが、泰隆にはまさにその『カリスマ性』があった。彼が一声かければクラスがまとまり、学年がまとまる、そんな感じだった。

クラスどころか、校内の人気者だった彼は、何故かクラスの落ちこぼれだった俺が学校に来なくなったのを心配し、時折家に様子を見に来たりした。

「放っとけよ」

うざったいなと怒鳴りつけても少しも臆《おく》することなく「学校に行こう」と誘ってくる。悪い仲間とつるんでいると、

「差別するわけじゃないけど、君にとってきっと彼らは『いい友人』ではないと思う」

などと大真面目な顔で言ってきて、俺を啞然《あぜん》とさせた。

「別に友達じゃねえよ。一緒にいるだけで」

不良仲間を友人と思ったことはなかった。高校生の『悪さ』には限界がある。限界の手前で遊ぶことにも飽きてきていたし、かといって限界を超えて世間からドロップアウトするほどの勇気もなく、ただ惰性《だせい》で繁華街をうろうろするだけの毎日にも俺は飽きつつあった。

それでそんな悪態をついてしまったのだが、泰隆は心底ほっとした顔で「安心した」と微笑むと、

「それなら僕とつるもう」

そう俺を誘い、それをきっかけに俺はまた学校に行くようになった。

その年、なんの間違いか俺たちの高校の野球部が地区予選で次々勝ち上がり、このままいくと甲子園《こうしえん》出場も夢ではないといわれていた。

開校以来の出来事に全校が沸き立ち、にわか応援団が結成されることになったのだが、団長から是非にと指名された泰隆も参加することになっていた。

野球部のOBが大学の応援団に声をかけ、指導にあたるという、結構本格的な『応援団』だったのだが、それに泰隆は一緒に参加しようと俺を誘ってくれたのだ。

甲子園出場ともなると、不祥事には皆が敏感になる。既に札付きの不良と評判になっていた俺の参加は、団長をはじめ皆から眉を顰められたそうだが、泰隆が強く推してくれたらしい。

「秋吉と一緒でなければ僕も参加しません」

渋る先輩や同輩に、泰隆がきっぱりとそう言いきったという話をあとから聞き、何故に彼はそこまで俺が応援団に参加できるよう尽力してくれたのだろうと、首を傾げたものだった。

実際あの『応援団』での体験が俺を本格的に高校へと引き戻してくれるきっかけとなったことを考えると、泰隆の狙いはそこにあったのかと思わないでもないのだが、単なるクラスメイトの一人だった俺に何故彼がそこまでのことをしてくれたのか、それは十八年経った今でもわからない。

応援団に参加した当初は、泰隆が無理をしてくれたことなどまったく知らなかったため、思いのほか厳しい練習に俺は早くも音を上げ、投げ出しそうになった。

運動部でもないのに毎日午前七時から朝練がある。ランニングのあとは腹筋運動、そして援舞といわれる型の練習と、みっちり一時間半扱かれたあと、放課後もまた暗くなるまで更にハードな練習があった。

応援団員は団長が声をかけた数名以外は、希望者を募って結成されたものだった。まさか日々の練習がここまで大変であるとは思っておらず、途中で辞めると言いだす者もいたのだが、彼らを引き止めたのも泰隆だった。

「最後まで一緒にやろう」

泰隆の熱意に溢《あふ》れた説得に、脱落しかけた者たちはまたやる気を取り戻し、辛い練習に復帰する。

復帰組の中には俺もいた。別に金を貰っているわけでもなし、これが内申に響くわけでもない。もともとそれほどやる気もなかったことだし、もう辞めよう、と朝練をサボろうとしたのをどうやって察したのか、泰隆は俺の家まで迎えに来ると、「行こう」と熱心に誘ってきたのだった。

「もうカンベンしてくれよ。声だってガラガラだしよ。身体中が痛えよ」

スポーツはそれほど苦手ではなかったが、グレて遊んでいた間にすっかり身体がなまってしまったようで、練習のたびにやらされる百回を超える腹筋運動に、俺は完璧に参っていた。

「腹式呼吸ができるようになると、喉もラクになるってさ。腹筋は腹から声を出すために鍛えなきゃならないそうだ」

そう言う泰隆の声もガラガラで、きつい練習のせいか少しやつれていた。朝は誰より早く校庭でスタンバイし、ランニングも腹筋も、俺のように途中でだらけたり手を抜いたりは絶対せずにきっちりやり遂げる。

放課後の練習では援舞の腕の動きを先輩に確認し、一人居残って復習する。人一倍努力している泰隆の言葉はやたらと説得力がある上に、熱意溢れる彼に、

「せっかくここまで頑張ってきたんだから。一緒に頑張ろうよ」

そんなふうに言われてしまうと、確かにここで投げ出したら今日までの苦しい練習が無駄になる、それも悔しいという気にもなり、半ばいやいやではあったが俺はまた彼と共に朝練に参加するようになった。

泰隆は背は高かったが、それほどガタイがいいほうではなかった。あまり見栄えがしないからと言い応援団長にはならなかったのだが、実際応援団をまとめていたのは彼だった。地区大会の決勝戦が応援団のデビューだと決まってからは、日々の練習は更に過酷になったが、それでも一人として欠けることなく本番を迎えることができたのは、泰隆の尽力によるところが大きかった。

今でもあの、地区大会の決勝戦の日のことは、思い出そうと目を閉じれば鮮明な映像となって頭に浮かんでくる。倒れるほどの暑さの中、日光を集めた分厚い学ランのせいで体温が三度

は上昇していたのではないかと思う。がらがらに嗄れた声を張り上げ、九回の裏の攻撃が終わるまで必死で応援し続けたあの日、俺の中で確実に何かが変わった。

それまで俺は、何にしても一生懸命取り組むという体験をしたことがなかった。多分あの体験がなければ、俺は相変わらず札付きといわれた不良のまま、これという目標もなく惰性で繁華街をうろつき、下手をしたら高校も辞めてしまっていたかもしれない。

大学に進学し、刑事になろうなどと考えもしなかったと思うと、ああして応援団に引き入れてくれた泰隆には感謝してもしきれない思いがあるが、俺にとって彼の存在はただ感謝に値するというだけのものではなかった。

それは——。

「しかしあの神宮寺泰隆、とても本庁さんが言うように極悪非道な男には見えんかったなあ」

後部シートの三木の声に、俺は暫しの思考から醒《さ》めた。

「青龍会の立役者でしたっけ。美形でしたねえ。あんな優男が極道だなんて、ちょっと信じられないですよ」

宮崎が呑気な相槌を打つ。

本庁からは、捜査一課と、マル暴といわれる組対四課から刑事たちがやってきた。全員顔見知りではあったが、俺に気を遣ったのか、はたまた左遷された刑事とかかわり合いがあると思われるのを避けたためか、目が合えば会釈は交わしたが、それ以上のコンタクトをとってこようとした刑事は一人としていなかった。

マル暴の刑事は神宮寺のことをよく知っていた。『青龍会』というのは、菱沼組系列の三次団体で、最近めきめきと頭角を現してきた組らしい。

その立役者が若頭の神宮寺で、優しげな顔に似合わず、相当無茶をするという話だった。

「かなり目立つ存在なので、タマを狙ってる組は多いと思います」

四課の刑事はそう言い、すらすらと三つほど対立している組の名を挙げ、逃走した山内はそのうちのどの組かに雇われた鉄砲玉だろうということで捜査方針が立てられることとなった。

俺たちはこれから、競輪場の聞き込みに行くことになっていた。一旦署に戻るのは山内の写真をピックアップするためで、それを手に山内がどの組と繋がっていたか、彼とコンタクトを取ろうとしていた男を割り出すべく、聞き込みをかけようというのだ。

「しかしいくら金に困っていたという背景はあるにしろ、ヤクザが一般人を『鉄砲玉』に仕立て上げるかねえ」

三木が宮崎に零《こぼ》した疑問を、実は俺も覚えていた。大抵『鉄砲玉』にはその組のチンピラが仕立て上げられる。だいたい拳銃を撃ったことも――下手をしたら現物を見たこともないような男に、その世界では名がかなり売れているというヤクザの若頭を殺させようなど、土台無理な話に思えて仕方がない。実際今回も、発砲はあったらしいが弾は掠《かす》りもしなかったという。

ああして失敗するであろうということは、素人でも予測できたと思うのに、それでも山内を鉄砲玉に仕立て上げたのは、どんな理由によるものなのだろう。

青龍会の報復を恐れたという可能性はないでもないが、そもそも報復を恐れるような組が若頭殺害を考えるだろうか。中心となっている若頭を殺し、青龍会を乗っ取る、いわば組同士の抗争が今回の狙撃事件を引き起こしたものなら、逆に若頭のタマは自分たちが狙ったのだと名乗りを上げてきてもよさそうなものである。やはり組同士の抗争、というよりは、若頭に――神宮寺泰隆に対する怨恨と考えたほうがいいような気もするが、と考えていた俺の後ろでは、

「一般人を鉄砲玉にしなきゃならないほど、人手が足りないんじゃないですかあ。今はどこも人材不足っていいますから」

宮崎がとても本気で言っているとは思えない、呑気な相槌を打っている。

「……」

さすがに三木も呆れたのか、それ以上話を続ける気力を失ったようで口を閉ざしてしまった。

「ああ、眠い」

自分が呆れられていることにはまったく気づかず、宮崎が大欠伸をしている様子がバックミラーに映っている。競輪場での聞き込みをこいつと一緒にやるのかと、憂鬱さのあまり溜め息が漏れそうになった俺の脳裏にまた、泰隆の整いすぎるほど整った顔が浮かんだ。

青龍会隆盛の立役者――かなりのやり手であるという評判の『神宮寺』は、果たして本当に俺の知る泰隆なのだろうか。

『果たして』も何も、それ以外の答えはあり得ないとわかっていながらにして、どうしても疑問を覚えずにはいられない自分を持て余しつつも、その疑問を口にすることもできず、誰も喋らなくなった静かな車内で俺は、浮かびくる疑問に一人首を傾げ続けた。

競輪場での聞き込みでもたいして得るものはなく、また逃走した山内の車が検問に引っかかることもなかった。

競輪場で山内が昨日男と話し込んでいたという情報を得ることはできたが、相手の風体をはっきりと語れる人間は一人もいなかった。

背が高い男であるという認識は皆一致していたが、顔を見た者は誰もいなかった上に、服装の印象もまちまちで、もう一度会ったらわかるか、という質問には、皆が皆、「わからないと思う」と首を横に振った。

ただ、山内が金で雇われたということはどうも、間違いなさそうだった。彼は街金に一千万近い借金があったのだが、昨日そのすべてを綺麗に返済していた。

金は山内に手渡しされたようで、銀行口座には振り込まれた記録がまったく残っていなかった。

青龍会と対立していた組への聞き込みの結果も芳《かんば》しくなかった。

「なんぞ証拠でもあるんですかの」

最近青龍会との間で小競り合いが絶えず、最も怪しいといわれていた田安《たやす》組の幹部は、聞き込みに出向いた刑事相手に、あからさまに嫌な顔をしたそうである。

「今、非常に微妙な時期でしての。おかしな評判が立つのは困るんですわ」

一触即発、抗争にでもなれば事だと顔を顰《しか》められ、早々に刑事は退散したらしい。

他の組でも似たような状況で、中には「青龍会の自作自演なのではないか」と言いだす幹部までいたそうだ。

「なに、そのくらいのことはあの神宮寺ならやるでしょう」

今、青龍会はまさに飛ぶ鳥を落とす勢いだそうで、対立する組を傘下に収めようと、常に抗争のきっかけを窺《うかが》っているという話だった。

「まあ、可能性はなきにしもあらずだが、それこそ証拠がないからな」

大内課長が最後はそう締め、明日以降も山内の行方を捜すと同時に、彼に拳銃を渡し、神宮寺殺害を依頼した組の割り出しに総力を注ぐこととなった。

ヤクザがらみではなく、山内には個人的に神宮寺に対する恨みがあったのでは、という俺の意見は、所轄、本庁双方から綺麗に無視された。

「誰かに頼まれたのでないなら、彼の入手した一千万の金の出どころは？」

「ヤクザが絡んでなきゃ、拳銃を入手するのは難しいだろう」

　口々にそう言われては自分の案を引っ込めるしかなかったのだが、やはり俺にはヤクザが一般人を鉄砲玉に雇うなど、無理があるように思えて仕方がないのだった。

　ヤクザではない、誰かが山内に金を渡し、個人的に恨みがある神宮寺を殺そうとしたという意見を述べようとしたが、既に捜査方針が固まってしまったあとで、誰も俺の話に聞く耳を持ってはくれなかった。

　まだそのほうが可能性としてはあるような気がするのだが、と思いながらも、命令には従わざるを得ず、明日から俺はあの、殆ど使い物にならないといっても過言ではない宮崎と一緒に、またも競輪場に聞き込みに行くことになっていた。

　俺ももう三十を超しているし、快くなく思っていることを相手に知らせるほど子供ではないつもりだが、こと宮崎に限っては彼の態度の一から百までが不愉快だと知らしめてやりたくなっていた。

　まず言葉遣いから、そしてすぐ易きに流れようとする腐った性根から、即刻叩き直してやりたい男である。聞けば彼は、西多摩署に来たときから『東大出』と『警察学校の成績一番』の二点で、将来の幹部候補と持ち上げられていたらしい。

　それでいい気になるのは本人の資質の問題だが、その資質を見抜けなかった上に、彼の傍若無人な態度を許してしまっているのは周囲の人間の責任だ。

まったく、最初からちゃんと締めておかないから、あんなどうしようもない刑事が出来上がるのだ。アレを真っ当な感覚を持つ警察官に軌道修正するのはかなり大変であるに違いない。そんな役割を担うのはごめんだ、と俺は一人肩を竦め、家への道を急いだ。

まあ、ごめんだと思う以前に、宮崎は俺の言うことなど聞かないだろう。宮崎だけではなく、西多摩署の刑事全員が、俺を余所者《よそもの》として扱っている——今日一日過ごしてみて、俺はそんな印象を持った。

どこかおかしな雰囲気なのである。皆が皆、俺を遠巻きにしているというか、かかわり合いが生じるのを極力避けようとしている、というか——最初俺はそれを、単に所轄が本庁を疎んじている、その表れだろうと軽く考えていたのだが、彼らの俺への態度にはそんな『本庁嫌い』を超えた何かがあるような気がしてならなかった。

もともと俺はそう人好きのするタイプではない。だが、初対面の相手から総スカンを食らうほど、尖《とが》った人間ではないという自負はあった。

尖るも何も、今日会話らしい会話を交わした刑事は、一人としていないのだ。一体俺の何が彼らをそこまで身構えさせるのか、まるでわからない、と溜め息をついたあたりでようやく俺のアパートが見えてきた。

徒歩十五分という距離は歩くにはそう苦ではないが、いざというときには少し時間がかかりすぎるかもしれない。単車か、もしくは自転車でも買うか、と思いながら外付けの階段を上り、二階の突き当たりにある自分の部屋を目指した。

このあたりは都心に比べて、賃貸のアパートの家賃も随分安いので、その気になればオートロックに守られた小綺麗なマンションを借りることも可能ではあったのだが、セキュリティの名のもと、監視されるような環境にはどうにも馴染めず、こんな学生が住むようなアパートを選んだ。

今までの生活習慣を鑑《かんが》みるに、部屋はたまに帰って泥のように眠る場所でしかなく、そんな小洒落たところを借りても意味がないと思ったせいもある。

古いアパートではあったが、造りが古いだけに広めの1LDKであることと、風呂とトイレが別になっているところは気に入っていた。俺の部屋は三階建てのこのアパートの二階のどん詰まりにあるのだが、隣が空室だということも気に入っている。

以前隣に住んでいた学生が、どこから聞きつけてきたのか俺が刑事であることを知ると、朝から晩まで俺の動向を観察し始めたのだ。隣の部屋でじっと息を潜めて俺の動きを窺っている気配が壁越しに伝わってきて、ストーカーの被害者というのはこういう気味の悪い思いをしているのだな、と実体験として学んだという嫌な思い出があった。

まあ、あれは特殊な体験だったけれど、と思いながら階段を上りきった俺は、自分の部屋の戸を背に立っている長身の男の存在に気づいて足を止めた。

「……？」

大家の怠慢で、公共スペースである廊下を照らす共用灯は、四つ中二つも切れていた。俺の部屋の前のあたりを照らすべき灯りも切れてしまっているために、シルエットしか見えない。

かなり長身の男のようだ。しかも細身である。時刻はそろそろ午後十一時となろうとしており、こんな夜遅くに俺の部屋を――しかも引っ越してきたばかりで、殆ど誰にも場所を知らせていないこの部屋を訪れるような人物には、誰一人として心当たりがなかった。

一体誰だ――？　暗闇の中浮かび上がるシルエットに目を凝らしていた気配が伝わったのか、男がゆっくりとドアから身体を起こす。

「………」

しなやかな動作だった。まるで音を立てる様子もなく、すっとその場に立った男の、背筋をピンと伸ばした立ち姿にはどこか見覚えがあった。

男がゆっくりとした歩調で俺へと近づいてくる。カツカツと靴音を響かせ歩いてくるその影を、かろうじて残っていた共用灯が照らし出した。

「あ」

灯りに一瞬浮かび上がった男の顔に、俺の口から驚きの声が漏れる。

「やあ」

あっという間に俺のすぐ前まで歩み寄り、笑顔を向けてきたのはなんと、昼間はあたかも俺など知らぬというような素振りを見せた神宮寺泰隆――青龍会の若頭だった。

3

「家に上げてもらえないか」

茫然と立ち尽くしていた俺は、泰隆にそう声をかけられ、はっと我に返った。

「酒を持ってきた。再会を祝したくてな」

にっと笑いながら、彼が片手に提《さ》げていた風呂敷包みを俺に示す。

「……お前、泰隆か」

十八年間のブランクを少しも感じさせないフレンドリーな口調、フレンドリーな態度に戸惑い、思わずそう確認をした俺に、泰隆がぷっと吹き出した。

「そうだよ。それ以外の誰だというんだ？」

「だってお前……」

それなら何故、昼間は知らん顔をしたのだと言及しようとした俺の肩を、泰隆がぽん、と叩く。

「いいから早く入れてくれよ、秋吉。話は中でゆっくりしよう」

「あ、ああ……」

秋吉――高校時代そのままの呼びかけに、一気に十八年間の時を飛び越えてしまったような錯覚が俺を襲う。

促されるがままに廊下を進み、部屋の鍵を開けて中へと彼を招いたとき、俺の鼻先でさらりと泰隆の黒髪が舞った。

「……………」

泰隆の身体から立ち上る、ムスク系のコロンの香りが鼻腔をくすぐる。

高校生の彼は当然のことながら、そんなものをつけちゃいなかった。十八年という歳月を今更のように感じていた俺を、泰隆が振り返りにっと笑う。

「綺麗にしてるじゃないか」

脱いだ彼の靴を見、そして身につけているスーツへと視線を移す。夜だというのにそれこそ顔が映りそうなほどに磨かれた黒い革靴は、俺などは名も知らない高級ブランド品のようだ。スーツもいかにもといった感じの高級品で、泰隆の細身の身体にぴったりとフィットしているところを見ると、オーダーメイドなのではないかと思われた。

シャツもネクタイも――そして時計も。金がかかっているということがありありとわかる身なりをしている泰隆はもう、俺の知る彼ではないのだろうか。

「どうした、秋吉」

知らぬ間に俺は彼をぼうっと見つめてしまっていたらしい。呼びかけられてそれに気づき、バツの悪さを感じて「なんでもない」と首を横に振った。

「随分な変わりようだと呆れたか」

ははは、と泰隆が笑い、俺が案内するより前にダイニングのテーブルへと辿り着く。

「呆れた、というか、驚いた」

声だけは前と変わらない――いや、成人して少し低くなったか、と思いながら俺は、テーブルの前に立つ泰隆に「座ってくれ」と椅子を勧めた。

「茶でも飲むか」

「酒を持ってきた。酒にしよう」

泰隆が風呂敷包みをダイニングのテーブルに下ろし、結び目を解く。

「一升瓶ってお前」

「お前がどんな酒が好きなのかまではリサーチできなかった。これは俺の趣味だ」

どん、と酒瓶をテーブルに載せた泰隆が、悪戯《いたずら》っぽい顔をして笑う。

そんな表情もまた昔のままだ、と思わず彼の笑顔に見惚《みと》れていた俺の前で、泰隆が少し照れたように笑った。

「さっきから秋吉は、俺の顔ばかり見ているな」

「ああ、すまん」

彼の指摘どおり、本当に俺は先ほどから泰隆の顔に目を奪われ続けている。あまりにも無遠

慮に見つめすぎたかと反省しつつ謝ると、

「まあ、気持ちはわかるけどね」

泰隆は苦笑し、どこか優雅さを感じさせる仕草で肩を竦めてみせた。

「気持ち？」

一体どんな気持ちがわかるのかと問いかける俺の動作は、いつもながらの無骨なものだ。

「十八年ぶりに旧友に会ったんだ。驚かないほうがどうかしている。その上その旧友がヤクザになっていたんだからな。顔も見たくなるというものだ――そうだろう？」

泰隆が一気にまくし立て、どうだ、というように俺を見る。

ぺらぺらと、まさに立て板に水のごとく彼が喋る内容は、確かに俺の心中を正確に語っていたが、彼の喋り口にはなんだか違和感を覚える。

わざと軽薄さを装っているとしか思えない、と眉を顰めた俺はまた、彼の顔にじっと見入ってしまっていたらしい。

「だからそんなに見るなって」

「すまん」

泰隆の指摘に再度謝った俺の前で、泰隆は声を上げて笑うと、一升瓶の栓を抜いた。

「まずは乾杯といこう」

「あ、ああ。そうだな」

言われて食器棚からグラスを二つ用意し、ダイニングテーブルへと運ぶ。

「もしかして、メシはまだか？」

細い腕だというのに、一升瓶を軽々と持ち上げ、グラスに酒を注ぎながら泰隆が俺に尋ねてくる。

「ああ」

「何か作るか」

「いや、家に何もないんだ」

引っ越したばかりで、家の冷蔵庫は空っぽだった。それでもつまみすらないというのは寂しいかと、俺は冷蔵庫に取って返し、昨日食べ残した漬物と箸《はし》一膳を手にまた、テーブルへと戻った。

「ほら」

既に腰を下ろしていた泰隆が、俺になみなみと酒が注がれたグラスを差し出してくる。

「ありがとう」

「乾杯しよう。俺たちの再会に」

言いながら泰隆が自分のグラスを手に取り、俺のグラスへとぶつけてきた。

「乾杯」

「乾杯」

声を合わせたあと、泰隆は一気にグラスを空け、俺を驚かせた。

「早いな」

「お前も飲めよ」

言いながら泰隆が自分のグラスにまた冷酒をとくとくと注いでゆく。

「飲めるんだな」

「そうでもない」

思わず感心して呟《つぶや》いた言葉に、泰隆が苦笑して答える。彼が酒を飲めるかどうかなど、十代の頃に別れたきりになっていた俺が知るはずもないのだったと思いながら俺も酒を呷《あお》り、グラスを泰隆に差し出した。

「なんだ、お前も飲めるんじゃないか」

酒は嫌いではないがそう好きでもない。だが、摂取できる酒量はたいていの人間に勝った。

そんな『特技』は俺にとってなんらメリットを生まず、どちらかというと酔い潰れた同僚や先輩の世話を焼かされるというデメリットのほうが大きかったために、感心されてもそう嬉しいものではない。

「まあね」

淡々と答えた俺が可笑しかったのか、泰隆はぷっと吹き出すと、グラスを酒で満たしてくれたあと、明るい声で話しかけてきた。

「お前は変わらないな」

「そうか？」

あまりにしみじみとした口調に、自然と胸が熱くなる。顔を上げて見やった泰隆の目が酷く潤んでいることがまた、ますます俺の胸を熱くした。

「俺は変わったろ」

一瞬俺の視線を受け止めた次の瞬間、泰隆がふと目を逸《そ》らし、自嘲気味に笑って問いかけてくる。

「わからん」

「顔に『変わった』と書いてある。昔からお前は考えてることが全部顔に出るからな」

苦笑し、また酒を呷った泰隆が、悪戯っぽい目で俺を見る。

確かに変わった——そう思うと同時に俺は、今やすっかり彼のペースでいつの間にかテーブルを挟み、酒を酌み交わしてしまっているが、何から何まで彼には問い詰めたいことがあったのだということを今更のように思い出した。

「変わったといえば、まず名前だ。『神宮寺』というのは本名なのか？」

俺が我に返ったのがわかったのか、泰隆は一瞬息を呑んだあと、意味深な笑いを浮かべ、ゆっくりと頷いてみせた。

「ああ、本名だ」

「なんで名前が変わったんだ」

結婚したのかと尋ねると、泰隆は「いや」と首を横に振った。

「両親が離婚してね。『神宮寺』は母親の新しい嫁ぎ先の姓だ」

「離婚?」

「ああ、俺が高校のときだ。突然転校したのはそのためさ」

「……そうだったのか」

そうなのだ。高校二年の夏、突然泰隆は俺の前から姿を消した。その理由が両親の離婚にあったことを十八年経った今初めて知らされ、俺は酷く感慨深い思いに陥ってしまっていた。

「親権でかなり揉めてね。母親が俺を連れて夜逃げ同然で街を出た。行く先を知られると父親が俺を奪いに来ると思い込んでいてね。当時は俺も子供だったからよくわからなかったが、相当精神にきていたらしい。あのとき病院に連れていっていれば、そう酷いことにもならなかったんだろうが」

泰隆がそう言い、押し殺したような溜め息をつく。

『酷いこと』というのが何を指すのか、聞いてみたくもあったが、泰隆はどうも話したくはなさそうだった。

「そうか」

それゆえ、そう相槌を打つにとどめた俺に泰隆は顔を上げて微笑むと、自分の空いたグラスを酒で満たし、俺のグラスにも注いでくれた。

「他に聞きたいことはないのか」

「……まあ、ないではないが」

一番聞きたいことは、なんといっても何故彼がヤクザになどなったのかということだった。俺の知る泰隆は、人の道に外れるようなことをする人間ではなかったのに、という思いが強い。

俺が彼と共に過ごした時間は一年余り、その後ぷつりと会わなくなって十八年が経つ。それだけの年月が経てば人も変わるだろうと納得もできるが、それでも尚、俺の中の泰隆はあの、夏の日の応援団で誰よりも一生懸命に動き、汗を流していた好青年のイメージが強いのだ。

かなりえげつないことをしているとマル暴でも評判になっている『青龍会』若頭の彼と、思い出の中の彼のイメージが合致しない。だが彼がヤクザであることも、かなり危ない橋を渡ってきたということも事実であろうから、俺の中の彼の『好青年』のイメージを補正すべきだと思うのに、目の前で酒を飲んでいる彼はやはり高校時代に別れたままの彼であるような錯覚を、俺はどうにも捨てることができないでいた。

髪型や服装は変わっても、彼の目がかつての――高校時代のままだったからかもしれない。少しの濁りもない綺麗な白目と大きな黒目のコントラストも美しい彼の瞳が健在であることが、俺をそんな錯覚に陥らせているのかもしれない、とじっと俺を見据える彼の瞳から目を逸らした俺の耳に、

「何が聞きたい？」

泰隆の笑いを含んだ声が響いた。

どこか揶揄しているようなその響きに、こんな喋り方をかつての彼はしなかった、と俺の思考力が戻ってくる。

目の前にいる泰隆は確かに高校時代の同級生ではあるけれど、今は暴力団関係者なのだと今更のように気持ちを引き締めた俺は、当然問うべき質問を彼へと投げかけ始めた。

「どうして俺の住所がわかった？」

「それはもう、蛇の道はヘビ。ヤクザの情報網は警察を上回るといわれているよ」

にやりと泰隆が笑い、俺にグラスを上げてみせる。こんな顔も以前はしなかったな、と思ったときに、するりとまた新たな問いが俺の口から発せられた。

「昼間、知らん顔したのは何故だ」

「気を遣った。お前は刑事だろう？　ヤクザとつるんでいると誤解されたら気の毒だと思っただけだ」

「つるむも何も、実際俺たちは高校の同級生だろう。十八年ぶりに会ったというだけなのに、そう気を遣う必要はないと思うが」

俺の答えに泰隆は一瞬目を見開いたあと、くすくすと笑い始めた。

「なんだよ」

「いや、お前は変わらないよ」

言いながら泰隆がグラスの酒を呷り、俺もつられて酒を飲み干す。

「何が」

「よく言えば真っ直ぐ、悪く言えば単純なところが」

「悪かったな」

どばどばと酒がグラスに注がれる。もう何杯飲み干したのか、カウントできないくらいにグラスを空けた俺も酔っ払っていたが、酒を注ぐ手が震えていた泰隆も相当酔っているようだった。

「悪くはない。俺は昔からお前の、真っ直ぐなところが好きだった」

「真っ直ぐだったのは……」

お前だろう、と言い返そうとした瞬間、『好きだった』という言葉に気づいて俺は思わず口を閉ざし、泰隆を見やった。

「ん？」

泰隆がどうした、というように目を見開き、俺に笑いかけてくる。

「……聞きたいことがあった」

そう——俺はずっと前から、泰隆には聞きたいことがあったのだ。

十八年前、俺の前から彼が姿を消した、そのときからずっと胸に抱いていた疑問が。

「ん?」

なに、というように小首を傾げて寄越した泰隆の綺麗な瞳が俺の目を惹きつける。

かつて俺を惹きつけてやまなかった、その白目と黒目のくっきりとしたコントラストが美しい彼の瞳が俺を、十八年前のあの夜の出来事へと引き戻していった。

地区大会の決勝が、応援団のデビューでもあった。俺たちの高校は制服がなかったから、長ランといわれる学ランをなんとか人数分調達し、在校生や卒業生にカンパを募って団旗を購入、揃いの手袋や鉢巻をあつらえ、ちょっと見急ごしらえとは思えないような応援団が出来上がった。

内容のほうも、連日連夜のハードな練習のせいで、団員たちの動きは一糸乱れぬ——とはいえないまでも、見苦しくない程度には整っていた。全員声を嗄らしてはいたが、その嗄れた声が逆にいかにも応援団らしく聞こえ、他に応援に来ていた生徒や市民たちの評判もなかなかよかった。

地区大会の決勝戦は一対〇という接戦で、応援にも熱が入った。九回裏、最後の打者をピッチャーが打ち取った瞬間、選手たちがグラウンドで抱き合って喜ぶのと同じく、俺たち応援団もスタンドで抱き合って勝利の喜びに酔った。

勝利の感動はなかなかに収まらず、俺たちはその夜、ＯＢが持ち込んだビールで祝杯を上げた。応援本番の三日前から俺たちは、指導してくれたＯＢの大学の宿舎に泊まり込み、合宿のようなことをしていたのだった。

酒を飲んだことが発覚すれば出場停止になるとわかっていたが、すっかり舞い上がっていた俺たちの中で、「やめよう」と止める者は誰もいなかった。

堅物の評判が高かった泰隆も俺たちと一緒に缶ビールを飲み、わいわいと騒ぐ輪の中にしっかり入っていたことが、何故か酷く印象的だったことを今でも俺は思い出す。

飲み慣れない酒に気分を悪くする者が続出したが、最後には皆、騒ぎ疲れて宿舎の中で寝てしまった。当時から俺は酒には強かったようで、人一倍飲んだはずであるのに、気分が悪くなることも、わけがわからなくなることもなく、皆の高鼾《たかいびき》が響く中、それでも騒ぎ疲れてうつらうつらしていた。

宿舎には冷房設備がなく、むっとする暑さが俺を快適な眠りから遠ざけていた。かといってはっきり目が覚めているわけでもなく、半分寝ぼけているような、そんな状態だったと思う。

と、そのとき不意に、むっくりと隣に寝ていた男が起き上がった。トイレにでも行くのかな、という俺の予測に反し、男は半身を起こしたままじっとして動く素振りを見せなかった。

彼の視線が俺に注がれているように感じたが、室内は暗く、実際のところはよくわからなかった。じっと動かずにいることで、気分でも悪いのではないかと心配になり、声をかけようとしたとき、男のシルエットがゆっくりと俺に覆いかぶさってきた。

「…………」

息がかかるほど近くに男の顔がある。なんだ、と問いかけようとしたが、思ったより俺は眠りの世界に近いところにいたようで、口を開くことができなかった。更に男の顔が近づいたのを感じ、一体何をする気だと身構えたその瞬間、やわらかな感触を唇に得た。

キス――?

恥ずかしい話だが、いっぱしの不良を気取っていた俺は、その頃正真正銘の童貞で、女の子と付き合ったこともなければキスの経験すらなかった。

それだけに唇に触れたその温かな感触が、他人の唇によるものか、すぐには判断がつかなかったのだが、驚きのあまり俺が固まってしまっている間に、屈み込んでいた男は身体を起こすとすっと立ち上がり、部屋を出ていってしまった。

「…………」

さすがに今の衝撃に俺の目はすっかり覚め、がばっと起き上がると慌てて周囲を見回し、今、部屋を出ていったのは誰かと探り始めた。

薄暗い中では埒《らち》が明かないと立ち上がって灯りをつけ、一人一人の顔をチェックする。

「なんだよ、消せよ」

「眩しいぞ」

クレームを聞き流しながらチェックを終えたとき、そのとき室内にいなかった男はただ一人だと俺は察していた。

俺の横に寝て、俺の唇を唇で塞いだのは多分——部屋に唯一いなかった応援団員、泰隆だった。

わかった瞬間、俺は激しく混乱した。急に酔いが回ってきたように頭が酷くぐらぐらした。泰隆が俺にキスをした——にわかには信じられず、夢でも見たのだろうと思ったほうがよほど納得できた。が、これが夢などではないということもまた、誰より自分がよくわかっていた。

部屋を出ていった泰隆はなかなか戻ってこなかった。多分手洗いだろうと思い、最初のうち俺は、彼が戻ってきたとき声をかけるか否か、迷いまくっていたのだが、いつまで待っても彼は部屋に戻ってこず、やがて白々と夜が明ける頃になっても、部屋の扉が開くことはなかった。

翌朝、酒臭い室内で皆が目覚め始めても、泰隆の姿は消えたままだった。朝食前に解散となったのだが、泰隆がいないことを心配したOBが自宅に連絡を入れたところ、昨夜のうちに帰ってきたと言われたそうだ。

「酔っ払って寝ぼけたんじゃないか」

その場はそれで皆で笑って終わったのだが、翌日の練習にも泰隆は姿を現さず、やがて担任経由で彼の突然の転校を知らされたのだった。

転校先は担任も知らないと首を横に振っていた。彼の家に電話をしても誰も応対に出ず、訪ねていっても家の中はしんとして、人のいる気配はなかった。

親しくしていた人間は結構いたが、誰一人として転校のことを知っていた者はいなかった。俺もそれなりに親しかったという自負はあったのだが、転校の可能性を匂わされたことすらなかった。

きっと何か事情があったのだろう――そう思うしかなかった。皆、彼の行方やら気持ちやらを気にしながらも、次第に彼のいない環境に慣れていき、やがて彼を忘れた。

俺たちの高校の野球部は見事甲子園に出場したが、初戦で強豪に当たり大敗してしまった。甲子園球場のスタンドで援舞をやったという思い出は、だが、あの地区予選のときの記憶に勝るものではなかった。

夏が終わり、秋になり――日々が過ぎてゆくうちに、俺自身の中でも泰隆の存在は薄れていった。時折思い出すことはあったが、行く先も何も告げず姿を消した彼にとって、俺という存在は所詮、その程度のものだということか、と思うといつまでも忘れられないでいる自分が惨《みじ》めに思え、彼の存在を無理やり頭の片隅へと追いやろうとしていた。

そうして月日は淡々と流れていったが、それでもときどき俺は、泰隆の夢を見ることがあった。

あの夜――地区大会の決勝の夜、彼は確かに俺の唇に触れてきたと思う。

泰隆は何を思ってそんなことをしたのか。彼が姿を消してしまい、答えを聞く機会を失っただけに、俺の胸の中にはその疑問と共に泰隆の存在がいつまでも引っかかっていた。

それを今、聞いてみようか——空きっ腹に飲んだことで、俺も相当酔っ払っていたのだろう。そうでなければ、十八年前に唇に触れたか否かなどという疑問を、本人にぶつけようとは思わなかったはずだ。

酔った上での冗談か。一番高い可能性としては『覚えてない』と言われることだろうと思いながらも、俺はあまりにも昔の出来事を泰隆に向かって問いかけていた。

「地区大会での決勝戦の夜、大学の宿舎に泊まったろう？」

「ああ、藤波《ふじなみ》先輩のツテだったな」

泰隆は俺が忘れていたOBの名を口にし、逆に俺を感心させた。

「よく覚えてるな」

「それはもう」

また彼が苦笑するように笑う。『それはもう』なんだというのだ、と問いかけようとした俺は、

「それがどうした」

逆に泰隆にそう返され、本来尋ねようとしていた問いから自ら離れそうになっていたことに気づいた。

「あの夜、お前は……」

だが実際に問いかけようとしたとき、じっと俺を見つめる泰隆と目が合ってしまった。彼も結構酔っているのか、白皙《はくせき》の頬にはうっすらと血が上り、潤んだ瞳がやたらと煌《きらめ》いて見える。

相変わらず綺麗な顔だ、と思わず見惚れそうになりながらも、これだけの美貌の持ち主が俺にキスなどするだろうか、という思いが芽生え、やはり問うのはやめておこうかと俺は首を横に振った。

「いや…」

「あの夜は凄かったな。学校に知れたら全員停学処分くらいにはなっていただろう。酒を飲んだり、ああ、煙草を吸っていた奴もいた。OBも一緒になって騒いでいたからまあ、責任は彼らにもあったが」

「確かに。だいたい酒はOBが用意したんじゃなかったか？」

「そうだった。飲め飲めと強要したのも先輩だ」

「皆、酷く飲んでた」

「ああ、飲みすぎて倒れる連中続出だったな。お前は顔色ひとつ変えずに飲んでたが」

「泰隆は随分騒いでたな」

「酒を飲んだのはほぼ初めてだったからね」

なんとなく会話が弾む。泰隆がまた空いたグラスに酒を注ぎ、俺のグラスにも注ぎ足した。

「ありがとう」

「あの夜は本当になんというか——思い出深い夜だった」

礼を言う俺の声に被せ、泰隆はあまりにしみじみした口調でそう言うと、一気に酒を呷った。

「……確かに」

青くさい言い方になってしまうと実際口にはしなかったが、あの夜は俺にとっても特別な夜だった。

三年間の高校生活の中でも一番といっていいのではないかと思う。青春の思い出と言われて真っ先に頭に浮かぶのはあの応援団であり、地区大会の決勝に勝ったあの夜のことだ。

「あの夜を境に、俺の人生は変わった」

「え？」

ぽつり、と泰隆が呟いた言葉に、どう変わったというのかと問いかけようとすると、泰隆は笑顔のまま無言で首を横に振り、またグラスに酒を注いだ。

「泰隆」

「お前が聞きたかったのはアレだろう。あの夜、俺がお前に何故、キスしたのか」

「……っ」

俺の問いを封じようとしたのか泰隆がそう言い、にっと笑いかけてくる。まさか彼のほうから持ち出されるとは思わず、愕然としてしまった俺の前でまた泰隆は酒を一気に呷ると、タン、と音を立ててグラスをテーブルに下ろした。

「図星か」

「……夢かと思っていた」

またグラスを酒で満たしながら泰隆が問いかけてきたのに、答えた俺の言葉はとぼけた、というか間抜けなものになった。

「そうだろうな」

泰隆の視線がグラスから俺へと移る。お前も飲むか、というように瓶を持ち上げてきたのに、いらない、と俺は首を横に振ると今度は俺から彼に問いを発した。

「何故だ」

「何が」

今までのように一気に呷ることはせず、泰隆はグラスの縁を舐めるようにしながら、俺に問い返した。

紅い舌先が覗く彼の顔が、酷く煽情的に見える。どきり、と変に鼓動が脈打つのに、どうしたことかと内心動揺しながらも、俺は彼に問いを重ねた。

「だからどうしてあのとき、俺にキスをしたんだ」

「したかったから」

「なに？」

あまりに簡単な答えに、もしやからかわれているのではという思いが生じ、俺の口調が我ながら不機嫌なものになる。

「本当さ。お前の唇に触れたかった。隣で寝ているお前の顔を見ているうちにどうにも我慢ができなくなった。それでこっそりキスをしたんだ」

「………」

泰隆がまた、ぺろりとグラスの酒を舐める。俺の目は彼の紅い舌に釘付けになり、歌うような口調で話される彼の言葉が、まるで心地よい音楽の調べのように耳に響いた。

「唇に触れた瞬間、もしかしたらお前は起きているのではないかと気づいた。慌てて部屋を抜け出したが、お前に疎まれたかもしれないと思うと部屋に戻る勇気が出なかった。そのままいつも練習していたグラウンドに座って、夜が明けるのを待ったよ。星が綺麗な夜だったな」

「………」

俺の頭の中には、若き日の泰隆が一人グラウンドで膝を抱え、満天の星空を見上げている幻が浮かんでいた。

「戻る勇気がないと言いながら俺は、少しだけ期待していた。お前が俺を追いかけてきてくれるんじゃないかと――もしもお前が来てくれたら、ずっと胸に秘めていた想いを告げようと思っていた。どんな言葉に乗せれば俺の想いがお前に伝わるのか、夜が白々と明ける頃までそれこそ何万通りも考えた。まあ、今から思うと無駄な努力だったわけだが」

くすっ、と笑った泰隆が、またグラスをテーブルに戻す。カタン、と小さな音が響いたあとには、室内に静寂が訪れた。

「………」

泰隆が俺に抱いていた想いというのはどういうものだったのか――泰隆が俺の問いを待っているのは痛いほどの沈黙からも察することができたが、何故か俺の口は開かなかった。

俺にとっても知りたいことであるはずなのに、問うてしまえばもう、後戻りのできないところに足を踏み入れてしまうとでも思っていたのか。

それとも、彼の答えが俺の思っていたものとまるで違うかもしれないという不安が、俺の口を閉ざさせていたのか――自分でもよくわからない。

どのくらいのときが流れたのだろう。カチカチという壁掛けの時計の音だけがやたらと響く室内で、酒を飲むでもなく、言葉を交わすでもなく黙り込み、見つめ合っていた俺たちの間の沈黙を破ったのは泰隆だった。

「……俺はずっと、お前の唇に触れたかったよ」

「……え」

言いながら泰隆がゆっくりと俺へと腕を伸ばしてくる。

「今もだ。触れたくてたまらない」

「……っ」

どういう状況に陥ってしまったのか、自分でもよくわからなかった。だが気づいたときには俺は泰隆に腕を引かれるままに椅子から転がり落ち、床の上で彼に組み敷かれていた。

「……泰隆」

したたかに腰を打ったというのに、酔いのせいか少しも痛みは覚えなかった。泰隆の手が俺の両手を顔の横で押さえ込み、彼の膝が俺の両脚の間を割っている。もともと細身ではあったが、武道の心得があるとのことで、腕力は人並み外れていたのだった、などとこんなときであるのに俺は、高校時代に知り得たことをぼんやりと思い出していた。

「キスしたいといったら、どうする？」

泰隆がゆっくりと俺に顔を近づけてくる。さらり、と彼の長い髪が俺の頬を撫でたとき、何故か俺の身体はびく、と微かに震え俺を慌てさせた。

「……どうもこうも……」

不思議と嫌悪感は芽生えなかった。もしもこのとき俺にひと欠片の冷静さが残っていたのなら、自分がいかにとんでもない状況に陥っているかに気づいただろうに、酔いが俺の有するあらゆる常識を封じ込めてしまっていたに違いない。

嫌悪感はなかったが、したいのか、と問われたらその答えには窮するな――ゆっくりと近づいてくる泰隆の唇を眺めながら俺は、そんなことを考えていた。

顔を背《そむ》けるとか、腕を振り払うとか、そういう選択肢は一つも思い浮かばず、ただ俺は泰隆の唇をじっと待っていた。胸の鼓動はやたらと速まり、口の中に唾液が溜まってくるのをごくりと飲み下したそのとき、俺の唇に泰隆の唇が触れた。

「……っ」

冷たい――最初に覚えた感覚はそうだった。それは多分、俺の唇が彼の唇よりも熱く火照《ほて》っていたからだろう。

次に柔らかいな、と思った。と同時に俺の中で一気に十八年のときが遡《さかのぼ》っていき、俺はあの夜――地区大会決勝戦の夜に、泰隆に唇を塞《ふさ》がれたそのときのまま、身動きをとることも忘れ彼の唇を受け止めていた。

「……え……」

泰隆の片手が俺の手を離し、頬に触れた。びく、と俺の身体が震え、戸惑うあまりに小さく声を漏らした唇が開いた。と、泰隆の舌が俺の口内に差し入れられ、唖然としてばかりはいられなくなってきた。

「……っ……」

ようやく俺は、自分がとんでもない状況にいることを自覚しつつあった。泰隆の舌はあっという間に俺の舌を探り当てて絡みつき、きつく吸い上げてくる。

キス――ああ、キスをしている、と今更の認識に慌てていた俺は、彼の手が俺の頬から首筋へと滑ってきたのに更に慌てることとなった。

「……おいっ……」

唇は塞がれたままであったから、はっきりと声を発することはできなかった。泰隆の右手が器用に俺のタイを解き、シャツのボタンを外し始める。

何をする気だ、と問いかけたいのだが、彼の唇は俺の唇を放してくれない。顔を背けてキスを逃れようとしたそのとき、外したボタンの間から泰隆の手が差し入れられ、着ていた下着代わりのTシャツを引っ張り上げた。

「……っ……」

スラックスから引っ張り出したTシャツの裾から、泰隆の手が入ってきて俺の裸の胸を撫で回す。熱い掌《てのひら》を素肌に感じたとき、ぞわりとした感覚が背筋を這い上ったが、それはなんというか——悪寒とも、嫌悪感とも違うものだった。

「……あっ……」

数回右胸を掌で撫でたあと、泰隆の指先が俺の胸の突起をきゅっと摘まみ上げたのに、電流のような刺激が身体を走り、脳髄を直撃したような感覚に陥った。

合わせた唇の間から、自分のものとは思えない甘い声が漏れる。酔っている——すべてを酔いのせいにしてしまおうとしていた俺は既に、抵抗することを半ば放棄していたのかもしれない。

「……ん……っ」

泰隆の唇が俺の唇を外れ、首筋を滑り下りたあと、首のあたりまでたくし上げたTシャツを通過し胸へと辿り着く。摘まれたほうではない乳首を強く吸われたとき、またも電流のような刺激が芽生え、体内を駆け巡《めぐ》った。

「あっ……あぁっ……」

ざらりとした舌が俺の胸を舐《ねぶ》る。時折軽く歯を立てられると、俺の身体は自分でもどうしたのかと思うほどにびくびくと震えた。彼の手が胸から腹を滑り、スラックスのベルトへとかかる。手早い動作でベルトを外し、スラックスを下着ごと下ろされたとき、胸への刺激で既に勃ちかけていた雄が露わになり、瞬時俺に羞恥の念を覚えさせた。

胸を舐められて勃起する――もともと俺はセックスには淡白なほうで、不能でこそなかったが、そう女を抱きたいと思うことはなかった。ハードな仕事に常に疲れ果てていたせいもあるかもしれないが、自慰をすることも殆どなく、三年前になんとなく付き合った女とやはりなんとなく別れたあとは、決まった恋人も作らず、至って品行方正な生活を送っていた。

否、品行方正な生活を送る前でも、俺は自分が欲情に身悶《みもだ》え、喘《あえ》ぐなどという場面を一度たりとて想定したことがなかった。俺のセックスはなんというか、射精したら終わり、という、あまりにも簡単なもので、それが恋人と別れた原因の一つでもあったのだ。

セックスに少しも愛が感じられない、と詰《なじ》られたときにはまるで意味がわからなかったが、俺に足りなかったのは丹念な愛撫か――そんな呑気なことを思い量るほどの余裕はないはずなのに、こんな状況はあり得ないという思いが現実逃避に繋がっていたのかもしれない。

　泰隆の手がゆっくりと、既に硬くなりつつある俺の雄を扱き上げ始める。次第に熱を孕《はら》み、硬さを増してゆくのと共に、俺の唇からは堪《こら》えきれない声が漏れ、室内に響いていった。

「あっ……はぁっ……あっ……」

　相変わらず彼の舌は、歯は、唇は、俺の胸を攻め続けていた。胸と雄への直接的な刺激が俺をあっという間に高め、扱かれるその先端からは早くも先走りの液が零れて泰隆の指を濡らした。

　泰隆が指を動かすたびに、くちゅくちゅという淫猥な音が響き、その音に俺の興奮はますます煽《あお》られ、次第に頭の中が真っ白になってゆく。

「……あっ……」

　痛いくらいの強さで泰隆が俺の胸を噛んだそのとき、ついに耐えられず俺は達し、彼の手の中に白濁した液を飛ばしていた。

「……あぁ……」

　早鐘のような鼓動が、耳鳴りとなり頭の中で響いている。はあはあと息を乱す俺の胸から顔を上げ、泰隆が黒い瞳を細めるようにしてにっこりと微笑みかけてきた。

　唾液に濡れた唇が部屋の灯りを受け、まるでルージュでも塗っているかのような艶《つや》やかな光を発している。ああ、美しい、と思ったとき、彼の手に握られたままになっていた俺の雄が、

びく、と微かに震えた。

「…………」

「…………」

泰隆の顔から微笑みが消え、彼の視線が俺の下肢へと注がれる。見られている、とわかったと同時にまた俺の雄は、びくん、と今度は傍目にもわかるほどに大きく震え、俺を慌てさせた。

「違う……」

そういうつもりではないのだ、と思わず声を上げたのは、泰隆がゆるゆるとまた俺の雄を扱き始めたからだった。

「違わないよ」

泰隆が笑って答え、再び俺の胸へと顔を伏せる。

「あっ……」

きつく胸の突起を吸われたとき、俺の頭の中で何かが弾けた気がした。

弾けたのは俺の中の羞恥心か、はたまた常識外れの行為を憂うる心だったのか――俺の放った精液で濡れた泰隆の指が再び俺を握り、先端を指先で弄り回す刺激に身を任せていく俺はもう、ただただ自分の欲情に従順な一匹の獣と化していた。

次第に快楽の階段を上り詰め始めた俺の頭にはもう、思考力は欠片ほども残っていなかった。やたらと自分が高い声を上げているような気がしたが、抑えようとする気力はまるで湧き起こってこなかった。

やがて二度目の絶頂を迎え、泰隆の手の中に精を放ったあとは、急速に押し寄せてきた睡魔に身体を預け、俺はそのまま気を失うようにして眠ってしまったようだった。


ピーピーという目覚まし時計の電子音が、遠いところで聞こえる。肌寒さを覚えながらうっすらと目を開いた俺は、ベッドで上掛けもかけずに寝ていた自分の姿にぎょっとし、慌てて身体を起こした。

「あ……」

シャツの前はすっかりはだけていて、スラックスのベルトも外されたままだ。酷く皺になっていた下着代わりのTシャツを捲り上げたとき、自分の乳首が紅く染まっていることに愕然とし、続いて胸一面に散らばる吸い痕《あと》にまた愕然とした。

のろのろと立ち上がり、スラックスの前を開いてみる。下着は身につけていたが、自分で穿《は》いたものとは思えないような違和感があった。

振り返ってダイニングのテーブルを見やる俺の目に、一升瓶が飛び込んでくる。

あの瓶があるということは、昨夜泰隆がこの部屋を訪ねてきたのは夢ではない、ということだ。

それを察したときに俺は酷く頭を殴られたような衝撃を覚え、よろよろとベッドの支柱に掴まって身体を支えた。

ということは、あれも夢ではないということか――?

彼に押し倒され、唇を塞がれた上で、泰隆の繊細な指が与える愛撫に身体を預けてしまった、それも現実のことだと?

「………」

そんな――閉じた瞼《まぶた》の裏には、俺の胸から顔を上げ、艶やかな唇を綻ばせて微笑みかけてきた泰隆の妖艶《ようえん》なほどに美しい顔が浮かんでいた。

信じられないとしかいいようがなかった。何故に自分は抵抗もせず、彼に身を任せていたのか、それも信じられなければ、泰隆が俺を組み敷いたということもまた俺には信じられなかった。

一体彼は――そして俺は、どういうつもりだったのだろう。

泰隆の心理はともかく、自分の心まで読めぬというのは一体どうしたことなのか。あまりの事態に混乱し、我を忘れているのだろうか。

落ち着け、まず冷静になるんだ、と己に言い聞かせ、大きく息を吐いたそのとき、どこからか携帯電話の着信音が響いてきて、俺を我に返らせた。

慌てて音源を探し、ダイニングの椅子にかけたままになっていた上着のポケットと気づいて電話を取り出す。

「はい、秋吉です」

ディスプレイに浮かんだ『非通知』の文字に、もしや西多摩署ではと思った俺の勘は当たった。警察からの電話はすべて、非通知設定されているのである。

『三木です。すぐ出られますかな』

「はい」

答えながら俺は頭を回し、時計を見た。午前六時半を回ったあたりで、通常業務にはまだ早い時間である。

『立川駅の南口にグランデュオいう駅ビルがありますんで、その下で待ち合わせましょう。二十分後でいかがですかな』

「大丈夫ですが、何かあったのですか」

立川駅ならタクシーを捕まえれば五分で着く。シャワーを浴びる時間もあるなと思いつつ問い返した俺は、三木の答えに緊張を高めた。

『殺しですわ。先ほど第一報がありました』

「わかりました。すぐ向かいます」

短く答えた俺の耳に、追加情報を述べる三木の声が響く。

『殺されたのは山内です。 昨日の狙撃犯が自分の銃で頭を撃ち抜かれとりました』

「なんですって?」

思いもかけない三木の言葉に驚きの声を上げた俺の脳裏に、 泰隆の輝く紅い唇が一瞬浮かび、消えていった。

4

「お待たせしました」

　道が空いていたせいで、約束した時間より五分ほど早く待ち合わせ場所である立川駅南口の駅ビルに到着したが、三木は既に来ていて、煙草を吸っていた。

「いや、まだ宮崎が来とらんのです。あんたも一服なさったらどうかの」

「はあ」

　灰皿前に陣取っていた三木が身体を避け場所を空ける。特に吸いたい気分でもなかったが、拒絶するのも何かと俺はポケットから煙草を出し、三木が「どうぞ」と差し出してくれたライターを借りて火をつけた。

「ありがとうございます」

「いやしかし、びっくりしましたわ。まさか殺されるとはねえ」

　俺が返した百円ライターをポケットにしまうと、三木はしみじみとそう言い、ふうっと煙草の煙を吐いた。

「本当に。しかも射殺とか」

「ええ、朝、通報があったんですわ。場所は南口の路地裏で、朝、ゴミを出しにいったホステスが見つけたという話です。詳しいことはまあ、現場に着いてからですな」

三木が時計をちらと見る。俺との待ち合わせ時間は既に過ぎていたが、宮崎が現れる気配はなかった。

「先に行きますか。本庁よりあとに到着というのもマズいでしょう」

俺がそう誘うと、三木は一瞬どうしようかなというような顔をした。

「そらそうですが……」

「私は土地勘がないので待ち合わせていただいて助かりましたが、宮崎さんは新人とはいえ半年以上、西多摩署にいるのでしょう？　自力で来させてもなんら問題のないことだと思いますが」

「……まあ、そうですな」

俺の意見に反論の余地なしと思ったのか、三木はいかにも仕方なさそうに頷くと、ポケットから携帯を出しどこかにかけ始めた。

「あ、三木ですが。今、どちらです？」

どうやら相手は宮崎らしい。東大出のキャリアだからとはいえ、そこまで気を遣うような相手か、と心の中で俺が毒づいていることなど知らない三木は、電話の向こうから帰ってきた答えに、がっかりした顔になった。

「まだ家ですか……」

「…………」

いい加減にしろと怒鳴りつけてしかるべきだというのに、三木はやれやれ、といった顔で溜め息をついただけだった。

「そしたら先に現場に向かいます。場所は先ほど申し上げたとおり、錦町ですんで」

それじゃあ、と電話を切ったあと、バツの悪そうな顔になった三木が、俺へと向き直った。

「先に行ってほしいとのことですんで、行きますか」

「……ええ」

これで三木が俺に対し、構えた姿勢を感じさせていなかったら、俺は「一体なんなんですか」と彼を問い詰めていたことだろう。

新人を甘やかすのもたいがいにしろ、そういう態度が彼を増長させるのだと怒鳴りつけたかったが、たとえ怒鳴りつけたところで彼は俺の話に耳を傾けないだろう。そう思わせる雰囲気を三木は湛えていた。

理由はよくわからない。三木だけじゃない、西多摩署の刑事全員が、俺に対してわけのわからない壁を作っていた。唯一その壁を感じさせないのがあの宮崎なのだが、だからといって宮崎と腹を割って話すかと言われれば、勘弁してもらいたいというのが率直なところだ。

いつか『壁』は消滅するのだろうか。月日が経てば普通に接してくれるようになるかもしれないと思おうとしたが、彼らの築いている壁はどうも、慣れれば消えるといったものではないような気もしていた。

悪意、というのとも違う。無関心、というのでもない。なんというか——遠巻きにしている、そんな感じだった。

一度発令されれば、何か特別なことがない限り、少なくとも一年以上は俺の異動はあり得ない。だが西多摩署の刑事たちが俺を見る目は、これから同じ釜の飯を食うことになる相手に向けられるものではなかった。

彼らは一体俺の何を知っているというのか。そもそも俺が、左遷とも思われる異動を強いられたのには何か理由があるのか。

まあ、このあたりのことは、いかに手を尽くそうと知ることはできないだろう。ただ仕事に邁進《まいしん》し、時が解決してくれるのを待つ、それしかないか、と自分に言い聞かせると俺は「行きましょう」と三木を誘い、吸っていた煙草を灰皿で揉み消した。

現場にはもう、監察医と鑑識が到着していた。むっとくる生ゴミ臭に、血の臭いが交じっているのがわかる。

「あれ、秋吉さん。早いね」

監察医は顔馴染みの男だった。吉祥寺《きちじょうじ》に医院を構えている栖原《すはら》という医師で、名が秋彦《あきひこ》ということから皆に『アキ先生』と呼ばれていた。

KEEP OUT
KEEP OUT
立入禁止
立入禁止
KEEP OUT
立入禁止

「早いも何も。今は所轄の刑事だよ」

「なんだ、左遷？　何やったの？」

悪戯っぽく問いかけてくる彼の正確な年齢は聞いたことはないが、俺より三つ四つ上だと思う。非常に顔立ちが整った男なのだが、何より彼を有名にしているのは特徴的な髪型にあった。三十後半の男だというのに、腰まである黒髪を後ろでひとつに束ねている。一種異様な雰囲気だが、顔が綺麗なだけに、その髪型が彼にはよく似合った。

「さあ、どうなんだか」

「いやだな。ジョークだよ。しかし所轄ってことは西多摩署か。これからますます会う機会が増えるね」

よろしく、と差し出してきた右手をパシっと叩くと、

「痛いなあ」

栖原はふざけて大仰に痛がってみせたあと「遺体を見る？」と問いかけてきた。

「ああ」

「検死するまでもなく銃殺。頭をぶち抜かれている」

栖原が屈み込み、青いビニールシートをばさりと捲る。

「うわあ」

俺の横にいた三木が呻いたのは、惨状ともいうべき死体の状態のせいだった。

　ぶち抜かれたのは頭だけではなかった。胸にも銃創がある。額を打ち抜かれているせいで目は飛び出し、開いた口から覗く舌はどす黒くなっていた。

「おとなしく撃たれたのか、酒や薬を飲まされてたのか、そのあたりは解剖してみないとわからないけれど、死亡推定時刻は昨日の深夜。午後十一時から深夜二時の間、というところかな」

　栖原がまた死体をぱさりとシートで覆ったのに、「もう少し見せてくれ」と俺は再び彼にシートを捲らせ、死体の傍らに膝をついて観察し始めた。

「さっき聞いたんだけどさ、昨日の夜十二時頃、二発の銃声を聞いたって人間がいるらしいよ。その銃声がコレ、ということは充分考えられる……というより、まさにビンゴという感じだね」

　栖原の説明を聞きながら俺は改めて死体の顔を凝視した。昨日渡された山内の写真とは随分面差しが違うが、よくよく見ると少しやさぐれているとはいえ、本人に間違いないようだった。

　服装は黒いシャツにチャコールグレイのスラックスと、ゴルフ場を飛び出したときのままのようだ。首と腕にゴールドの鎖が下がっており、嵌めている時計もなかなかの高級品のようだった。

「順番は？　頭、それから胸？」

「断定はできないけど、多分ね。血の乾き方が違うから」

「触ってもいいか？」

「ああ。あとは運び出すだけだからね」

栖原の許可を取り、俺は投げ出されていた山内の右手を取った。

「硝煙《しょうえん》反応があるか、調べてくれ」

「勿論。ああ、拳銃は彼の死体の傍に落ちてたよ。鑑識さんが拾っていった」

「そうか」

言いながら手を離そうとしたとき、泥に汚れた山内のごつい指の先、爪の間が血に染まっていることに気づいた。

「皮膚組織があるかも？」

「さすが秋吉さん。よく気づいたね」

いつもの揶揄する調子ではなく、栖原が心底感心した声を上げる。

「まず即死と思っていいいんだが、ここまで引きずってくる間にガイシャは抵抗したのかもしれない。衣服にも泥がついていたし。そのとき、相手を引っかいたんじゃないかと思うよ。まあ、この血はガイシャ本人のものっぽいけど」

「皮膚組織が本人のものである可能性は？」

「ないと思うね。露出しているところにはそれっぽい傷がない」

「なるほど」

最後にひととおり遺体を眺《なが》め、両手を合わせて拝んでから俺は立ち上がった。

「ありがとうございました」

「また解剖所見が出たらお知らせするよ。西多摩署でも頑張って」

それじゃあね、と栖原は俺に手を振ると、「お願いします」といつの間にか傍に控えていた助手に声をかけた。助手たちが遺体を再びビニールシートに包み、担架に載せて運び出してゆく。

「山内の足取りはわかってるんですか？」

栖原を見送ったあと、俺は三木へと視線を移し問いかけてみた。

「さあ、どうなんでしょう」

心もとない答えを返したことを恥じたらしい三木が、ぽりぽりと指先で頭をかく。

「ワシも宿直明けで。まず現場へ直行と言われたきりですんで」

「警官に話を聞きますか。第一発見者からも事情を聞きたいし」

行きましょう、と俺は三木と共に現場を離れ、立ち入り禁止の黄色いテープの前に立つ警官の一人に、事情を尋ねた。

「第一発見者は彼女の店で待機してもらってます。坂下《さかした》巡査が付き添ってますので」

しゃちほこばって答える警官に礼を言い、店の場所を聞いていた頃、本庁の刑事たちが到着した。

「殺されていたのは間違いなく山内でした。遺体は栖原監察医が運び出しています」

「そうか」

俺の報告に顔馴染みの本庁の刑事は頷くと、これから第一発見者の話を聞きに行くという俺たちと合流することになった。

山内の死体を発見したのは、近くに店を出していたバーの女店主だった。本人も含めてホステス二名の小さな店で、昨夜は午前三時頃まで客の相手をし、店で仮眠をとったあと、ゴミ出しをして帰る途中だったそうである。

「ゴミ置き場に死体だなんて、ほんと、びっくりしましたよ」

見たところ四十代後半に見える店主が、震える声で告げた内容は、殆ど俺たちが見たまんまで得るところは少しもなかった。

「昨夜、銃声を聞きましたか?」

「いいえ、気がつかなかったです。三時くらいまで騒いでたし、私も結構酔ってたし」

第一発見者からこれといった情報を得ることができなかった我々は、手分けをして近くの店を回り、山内の足取りを洗い始めた。

幸いなことに、午前六時頃死体が発見されたというニュースはあたりに広まっていたらしく、普段であれば帰宅している店主たちが野次馬根性から結構店に残っていてくれた。

おかげで俺たちは間もなく、山内が死ぬ直前まで酒を飲んでいたらしい店を突き止めることができたのだった。

その店は現場から十メートルも離れていない、雑居ビルの二階のショットバーだった。カウンターにボックス席が二つしかない小さな店で、客がいるときよりもいないときのほうが多そうな雰囲気がある。

店主は木村《きむら》といい、三十代のすっとした顔をしたなかなかのハンサムガイだったが、愛想の欠片もなかった。多分彼の店が繁盛しないのは、店主のかもし出す、サービス精神が少しも感じられない態度のせいではないかと思う。

「ああ、確かにその人なら昨日店に来ましたよ」

「何時から何時までくらいの間です？　一人でしたか？」

本庁の刑事が意気込んで尋ねるのに、「さあ」とそっけなく答え、肩を竦める仕草には苛立ちを覚えたが、それをぐっと押し隠し今度は俺が彼に問いを発した。

「覚えている範囲で構いません。この男は何時頃に店に来て、何時頃に出ていきましたか？」

「十時過ぎだったか。あまりよく覚えていませんね。ただ、誰かと待ち合わせをしているような感じでした」

また『さあ』と逃げられるかなと思ったが、不思議と男は俺の問いには素直に答えてくれた。

「待ち合わせ？　どうしてそう思われたんです？」

「時間を気にしていましたから。それに電話も気にしていた。実際彼が店を出たのも、携帯に電話がかかってきたからです」

「それは何時頃でした？」

「十一時半頃でしたか。安い酒一杯で随分粘ってくれたな、と時計を見上げましたので、間違いないと思います」

「……十一時半……」

その足で山内は路地へと出向いた、と見るのが自然だろう。店を出たところには『犯人』が待っていて、山内の手を取り路地へと引きずっていき——。

「電話の相手について心当たりはありませんかね。男だったとか女だったとか、どのくらい喋っていたのかとか、なんでもいいんですが」

俺の横から三木が問いを発する。いつしか一人の思考に陥りかけていた俺は、彼の声ではっと我に返り、木村の顔を改めて見やった。

「客のプライバシーに興味を抱くような趣味は持ち合わせていませんが」

それまでの愛想のよさはどこへやら、三木の問いを木村が突っぱねる。

「いや、別にそういうつもりでは……」

慌ててフォローに入ろうとする三木を、つんと澄ましてかわした木村を、扱いづらい男だと思いつつ俺はまた彼に問いかけた。

「別にあなたが聞き耳を立てていたとは我々も思っていません。気づいたところだけでいいんです。携帯電話の相手の声って結構漏れるじゃないですか」

「男でしたね。よほど待ちわびていた電話だったのか、やたらとほっとした様子でした。連絡がなかったらどうしようと思ったとかなんとか……」

　やはりこの木村、他の刑事に対するリアクションと俺への対応がまるで違う。別に面識はないと思うのだが、何か理由でもあるのだろうかと内心首を傾げつつも「どうも」と礼を言い、もう少し突っ込んだ問いをしかけてみた。

「名前などは口にしてなかったですよね」

「いや、確か呼びかけてたような気がするんですが、思い出せません。声が小さくてよく聞き取れなかったし」

「……そうですか……」

　客のプライバシーに興味を抱く趣味はないと言った言葉は嘘だったのかというくらい、木村は詳しい電話の内容を俺たちに話してくれた。

「そして山内は——昨日の客の名ですが、彼は支払いをして店を出た、と」

「ええ。一万円、ピン札でした。ちらっと札入れの中が見えたんですが、分厚かったですよ」

「札入れ……」

　果たして山内の懐にその札入れはあったのか、確認しなければと俺は三木と目を見交わし頷き合った。

「木村さんは銃声を聞かれましたか？」

　この店から現場となったゴミ捨て場は近い。聞いた可能性は高いと思ったのだが、意外にも木村は「いいえ」と首を横に振った。

「この店、昔ライブハウスでしてね。防音設備が整っているので外の音は殆ど聞こえないんですよ」

「そういうことですか」

なるほど、言われてみれば今も外の喧騒《けんそう》はまったく店内には聞こえてこない。残念だなと思いつつ、これ以上木村から聞き出せることはなさそうだと俺は彼への聞き込みを切り上げるべく、笑って頭を下げた。

「他に、何か思い出したことがあればご連絡いただけると助かります」

「名刺、いただけますか」

木村が恥じらっているとしか見えない素振りをしつつ、俺の顔を覗き込んでくる。

「ええ、勿論」

一体なんなのだと思いながらも俺はポケットから名刺を取り出し、裏に自分の携帯番号を記して彼に渡した。

「秋吉満さん」

「はい」

名刺に記した名を読み上げられたのに返事をすると、木村はまた、恥じらっているとしか思えぬ顔をして笑い、カウンターの下から俺に名刺を差し出してきた。

「木村圭吾《けいご》です。よろしく」

「ありがとうございます」

店の名と彼の名、それに携帯の番号が記されている名刺を両手でありがたく受け取り、名刺入れにしまうと俺は、そろそろ行きますか、と同道した刑事を振り返った。

「ご協力どうもありがとうございました」

「いえ、国民の義務ですから」

やたらと愛想よく手を振る木村に頭を下げ、俺たちは店をあとにした。

「今の店主、あの木村、あれ、ホモでしょう」

外に出た途端、三木が後ろを振り返り、こそりと俺に囁いてきた。

「ホモ？」

「やたらと秋吉さん、あんたに愛想がよかったじゃあないですか。美少年が好きなんでしょうな」

「美少年って」

三十過ぎの男に向かって言うことか、と呆れた俺の横では、

「ああ、そうか。それで納得がいった」

本庁の刑事までもが笑っている。

「しかし電話の相手、気になりますな。誰なんでしょう」

「山内の携帯ですが、調べたところ料金滞納で止められてるんですよ。彼が持っていた携帯はどうもプリペイド式のもののようです」

三木と本庁の刑事の会話が弾む中、俺が口を挟もうとしたちょうどそのとき、

「ああ、ここにいた」

不機嫌さを隠そうともしない声が響いたのに、俺たちの視線は声の主へと逸れた。

「宮崎さん」

「もう、探しましたよ。三木さん、携帯鳴らしたの、気づかなかったんですかあ」

ようやく登場した宮崎が、頬を膨らませて三木を睨《にら》みつける。

「こりゃ、失礼しました」

「………」

俺は三木がぺこぺこと、自分の息子のような年齢の宮崎に頭を下げる様子を、失礼なのは大遅刻をしたお前だ、と言いたくなるのをぐっと堪えて見守っていた。

「すぐ署に戻ってください。捜査会議だそうですよ」

「わかりました」

宮崎がつんけんしながらも声をかけるのは三木だけで、俺のことはマル無視だった。あからさまな仲間外れ状態だが、あの馬鹿を相手にしないですむとはラッキーであることこの上ないと内心肩を竦めつつ、俺は三木と宮崎のあとに続き署へと戻った。

　捜査会議は荒れに荒れた。山内を殺害したのは彼に拳銃を渡し、青龍会の若頭殺害を依頼した誰か、もしくはその者が所属する団体か、はたまた青龍会が早くも山内の所在を突き止め、見せしめのために殺したか——どちらも可能性としてはあると俺は思ったが、これといった決め手がなく、結局捜査は二方向から取り進められることとなった。

　宮崎と三木、それに俺は、青龍会への聞き込みに回された。昨日ゴルフ場で会っているからというのが理由であるのだが、正直俺は、今、泰隆と顔を合わせることに躊躇《ためら》いを感じていた。記憶に、そして気だるい身体に残る昨夜の泰隆との行為が、新宿へと向かう俺の足を重くしていた。

　泰隆は一体どういうつもりで、あんなことをしたのだろう——彼の意思を考えようとすると、途端に昨夜の彼の腕の感触が肌の上に蘇《よみがえ》りそうになる。

　同時にぞわりとした何かが下肢から這い上ってくるのを、今はそんな場合じゃないと必死で肌の下に押し戻そうと努力する、俺が一人そんな葛藤をしていたとは誰が想像できただろう。

　いよいよ青龍会の組事務所が近づいてきたのに、一旦そのことは考えないことにしようと思考のブレーカーを落とし、組事務所の戸を叩いた。

青龍会の事務所は、まるで一流企業のオフィスのような様相をしていた。

整然と並んだ事務机の上には、最新型のＯＡ機器が置かれている。ただ、一流企業と違うところは、そのＯＡ機器を使いこなしているのが美人ＯＬではなく、ごつい顔をしたチンピラたちだということだった。

「失礼します」

受付は一応あったが無人だったために、ついたての向こうへと足を進め中に声をかけると、室内にいたチンピラたちが一斉に顔を上げ、じろりと俺たちを睨んできた。

「なんだ、昨日の刑事か」

俺も見覚えがあると思ったチンピラの一人が、やはり俺たちを覚えていたようで、愛想の欠片もない口調でそう言葉をかけてくる。

「アポもとらずにすみませんなあ。実はちょっと、昨日の件も絡めてお話を伺いたいんですが、神宮寺さんはいらっしゃいますかね」

腰低く三木がそのチンピラに尋ねたのに、「けっ」とそいつは横を向いて唾を吐いた。

「話すことなんざ何もねえよ」

「そうだ、帰ってくれ」

けんもほろろとはこのような態度をいうのだろうという対応に、宮崎などはたじたじとなっている。だがここで引くわけにはいかない、と俺は一歩を踏み出し、最初に声を発したチンピラ相手に凄んでみせた。

「帰れと言われて帰るほど、警察は甘くない」

「なんだと？」

チンピラの顔にさっと血の気が上り、目つきが凶暴になる。

「ふざけんなよ、てめえ、何様だ」

「だから警察だと言っているだろう。昨日の狙撃事件に関連して話が聞きたい。まずは狙撃犯の身元だ。お前たちは既に突き止めていたのか？」

「偉そうに、なんだって俺らがおめえの質問に答えなきゃならねえんだよ」

俺が問いかけたチンピラの兄貴分らしき男が、声を荒立てながら俺へと向かってくる。

「協力を要請してるんだ。善良な一市民としてのね」

「しゃらくせえ。何が善良な市民だ。舐めてんじゃねえぞ」

また別のチンピラがいきり立ち、俺へと向かってくる。

「別に誰も舐めちゃいない。協力してほしいと言ってるんだ。狙撃犯がどこの誰かということをお前らが既に突き止めていたか否か。そのくらい答えてくれてもいいだろう」

「誰が答えるかよ、馬鹿野郎」

「帰れって言ってんだろ」

チンピラたちの怒声が大きくなる。宮崎などはすっかり逃げ腰で今にも事務所を飛び出しかねない様子だった。三木も心配そうに俺とチンピラのやりとりを見つめている。

「何故答えられないんだ。それほど渋るようなことじゃないだろう」

俺自身、ヤクザと渡り合った経験は殆どなかったが、彼らが意外にも狡猾《こうかつ》だということはかつての同僚から聞いて知っていた。

警察官という身分を明かしている以上、彼らが俺に手を上げることはまずないと考えていい。万が一そんなことになれば、「公務執行妨害だ」と引っ張られることがわかっているからである。

彼らが俺にできるのは、せいぜい凄むことくらいである。それに気を呑まれずに交渉を続ければ、必ずこちらにいいように道は開ける。

臆する必要はないのだと俺はまた「なんだとお？」と凄みを利かせてくるチンピラ相手に、今度は何を言ってやろうかと身を乗り出しかけたのだが、そのとき事務所の奥の扉が開いたのに、何事だと視線をそちらへと移した。

「あ、若頭」

室内にいたチンピラたちが全員その場で居住まいを正す。開いた扉の向こうから現れた長身を眺める俺の胸の鼓動が、どきり、と一際高く脈打った。

「騒がしいと思ったら警察か」

ゆったりとした歩調で入ってきたのは泰隆だった。物憂げな声を出し、ぐるりと室内を見回す彼の周囲にチンピラたちが集まった。

「警察がなんの用です?」

昨夜俺の部屋を訪れたとはとても信じられないような、よそよそしい語り口で泰隆が俺に問いかけてくる。

「……昨日の狙撃事件のことで、少し話を聞きたいと」

言葉を失いそうになっていた俺だが、痛いほどの三木と宮崎の視線に我に返って問いを発した。

「昨日の狙撃?　……ああ、ゴルフ場でのあれですか」

泰隆は少し考える素振りをしたが、わざとらしいという印象を受けた。

「他にも狙撃されたことがあるような口振りだな」

「まあ、日常茶飯事とは言いませんが、よくあることです」

澄ましてそう答えたあと、泰隆はにっと笑いかけてきた。あまりに魅惑的な笑みに、再びどきり、と俺の胸が高鳴り、頬に血が上ってくる。

「狙撃犯が誰だか、もう突き止めたのか?」

どうしたことだ、と己の身体の反応に戸惑いながらも、今は聞き込みに来ているのだという当然のことを思い出し、まさにこれを尋ねるために来た問いを発したのだが、泰隆の答えはあまりに簡単だった。

「いいえ。わかっていません」

「嘘だ」

泰隆が嘘をついているという根拠はなかったが、直感でわかった。かつて『嘘』とは無縁の世界にいた彼が、こうも無造作に嘘をつくことに心のどこかで傷つく思いがしながらもそう彼の言葉を制した俺に、泰隆がまた、惚れ惚れするような笑みを浮かべてみせる。

「嘘ではありません。逆にどうして我々が狙撃犯を突き止めたと思われるのです?」

泰隆の口調も態度も、必要以上によそよそしい。昨夜彼は、俺と初対面のような顔をしてみせた理由について『ヤクザとかかわりがあるとでも思われたら事だろう』と、まるで俺を案じているかのようなことを口にしていたが、これもその表れなのだろうか。

それにしては芝居がかっているではないかと俺は更に彼を追及していった。

「ヤクザの情報網は警察のそれを上回ると豪語していたかと思うが」

「………」

泰隆の頬から笑いが消え、一瞬じっと俺を見た。彼がこの言葉を口にしたのは、昨夜俺の部屋でだった。二人しかいない場所での会話の内容を、俺が持ち出すとは思わなかったらしい。しまったな、と一瞬俺も口を閉ざしたが、別に高校の同級生であることを隠す必要はないだろうと一人開き直った。隠し立てする理由は何もないではないか、と思う心の片隅に、それでは昨夜の行為はどうなのだという考えが浮かんだが、それはそれ、これはこれだと押し戻す。

そうだ。昨夜彼はどういうつもりであのような行為に及んだのか、それも確かめなければならない、と俺はじっと瞳を見つめてくる泰隆の顔を見返した。

さすがに今この場で追及することはできないが、理由はきっちりと説明してもらいたかった。酔った上での冗談だったというのなら、それでもいい。冗談ですますには過ぎた行為ではあったけれど、俺も酔っていただけに彼を責めることはできない。

いつ、彼とコンタクトをとるか。彼は俺の家を知っていたが、俺は彼の住居を知らない。家どころか携帯の番号すら知らないのだと気づいたと同時に、俺の目を見据えていた泰隆が、ふっと笑って目を逸らした。

「言葉のあやだ。本気にしてもらっては困る」

泰隆の口調から不自然な敬語が消えた。ようやく本音で話す気になったかと俺は更に問いを重ねた。

「本当に狙撃犯の素性は知らないと？」

「ああ、知らない」

泰隆はゆっくりと頷いてみせたが、やはり俺の目には彼が嘘をついているようにしか見えなかった。

「我々が何を聞きに来たのか、それにも心当たりがないと？」

「ああ。まったく」

これも嘘だ、と思いながら俺はどうするかなと三木をちらと見た。三木は一瞬俺と目を合わせたが、困った顔になりふいと目を逸らして宮崎を見る。

その宮崎はもうすっかり腰が引けていて、今にも事務所を出たそうな顔をしており、捜査の主導権を握るどころではなかった。

仕方がない、と俺は独断ではあったが、泰隆に事実をぶつけてリアクションを見てみることにした。

「昨日お前らを狙撃した男は山内というんだが、彼が昨夜立川で銃殺されたのさ」

「ほお」

泰隆が目を見開いたその背後で、チンピラたちが息を呑んだのがわかった。

「で、それが我々とどういう関係が?」

泰隆はともかく、チンピラたちは少なくとも初耳だったようである。山内殺害はやはり青龍会の報復措置ではなかったのだろうかと思いつつ、嫣然《えんぜん》と微笑みながら俺に問いかけてきた泰隆に答えを返した。

「関係があるかないか、それを調べに来た」

「残念ながら無駄足だったな。山内などという男を我々は知らない」

泰隆がくすりと笑ってそう告げたあと、そうだな、というように周囲を見回す。

「ああ、知らねえ」

「おかしな言いがかりをつけてんじゃねえぞ」

チンピラたちが口々に怒鳴るのを、もういい、というように手を上げて制すると、

「そういうことだ」

泰隆はそう言い、にこ、と目を細めて微笑んでみせた。

「……そうか」

これ以上の追及は難しそうだった。こちらにも青龍会が山内の身元を割り出したという確証はない。今日のところは出直すか、と俺は心を決め、また三木を振り返った。

「………」

今度も三木は俺の視線を受け止めることなく、宮崎を見る。もう勝手にしろと俺は、

「また来る」

そう言い捨て、事務所を出ようと踵を返した。三木が、そして宮崎がほっとした顔になり、俺に続いて事務所を出ようとする。

「待て」

そのとき、背後で泰隆の声が響き、何事かと俺は彼を振り返った。

「なんだ」

「その山内とかいう男、殺されたのは昨夜の何時だ？」

泰隆の問いの意図がわからず、一瞬答えが遅れた俺の横で、三木が口を開いた。

「昨夜の午後十一時から今日の午前二時の間だ」

「へえ」

三木の答えに、泰隆が大仰に目を見開いたあと、にやり、と笑った。

「その時間なら、俺にはアリバイがある」

泰隆の笑いに細められた目がじっと俺を見つめている。

彼の言うアリバイを——昨夜の午後十一時から午前二時の間、彼の所在を証明できるのは、とりもなおさず俺、だった。

確かにその時間、俺は彼と共に酒を飲み交わし、そして——昨夜の記憶が怒涛のように押し寄せ言葉を失っていた俺に向かい、泰隆はまたにやり、と意味深な笑いを浮かべてみせる。

俺の目の前で泰隆が、十八年ぶりに会った友人の顔からまるで見知らぬ男へと変貌を遂げてゆく。そんな錯覚に陥ってしまいながら、俺はただ呆然と泰隆の端整というには余りある綺麗な顔を見つめていた。

5

署に戻ると俺は、課長に連れられ署長室へと向かわされた。

「君、例の青龍会の若頭と面識があるというのは本当かね」

署長にはまだ着任の挨拶もしていなかったが、挨拶どころではなさそうだった。どうも新宿から西多摩署へと戻ってくる間に、宮崎から課長に連絡がいったようなのである。

そういえば車の中でモバイルを叩いていたな、と思い出したが、まさかそのような報告をしているとは思わなかった。自分の勤惰状況でも報告しておけ、と心の中で毒づきつつも、別に隠し立てするつもりはないと俺は素直に「はい」と答え、署長の出方を待った。

「どうしてそれを先に言わない」

「十八年ぶりに会ったためと、以前と名字が違っていたため、確信が持てませんでした。向こうもまるで初対面のように接してきましたので」

俺の言葉に嘘はひとつもない。にもかかわらず、署長と課長は顔を見合わせたあと、二人してあからさまなほどの疑いの目を向けてきた。

「で、どういう知り合いなんだ?」

「最近まで付き合いがあったのでは?」

「高校時代の同級生です。高二で彼が転校してからは十八年間、一度も会ったことはありませ
ん」

人の話を聞け、といわんばかりに答えたのが気に障ったのか、課長は尚もしつこく俺に問い
を重ねてきた。

「実際会っていなくても、メールや電話でのやりとりはあったんじゃないか」

「いいえ、まったくありません」

「それは本当かね」

「本当です。現に今も、私は彼の家の住所も電話番号も、そう、メールアドレスも知りませ
ん」

この言葉にもまるで嘘はない。だが課長は何故だか俺の言葉を信じようとしなかった。

「十八年ぶりに会った高校の同級生ね」

「そうです」

嘘をつけ、といわんばかりの目つきに、何故にそこまで疑いを抱くのだ、と内心首を傾げて
いた俺だが、

「まあいい」

課長が一旦そこで俺への追及をやめたあと、新たな問いを発してきたのに、一瞬答えに詰

まった。

「宮崎の報告によると、昨夜、神宮寺泰隆にはアリバイがあるとのことだったが」

「え?」

あのボンクラも一応、人の話は聞いていたらしい。そればかりかあの場の状況の観察までしていたらしいことを俺は、続く課長の言葉で知った。

「その『アリバイ』について、お前は神宮寺を問い詰めなかったそうだが、その理由は?」

「……それは……」

アリバイを証明するのが俺だから——事実はそうなのだが、今までさんざん泰隆との仲を疑われていただけに、昨日の夜二人で会っていたという事実を伝えるのを、俺は躊躇してしまった。

「宮崎はどうも、お前に心当たりがあるようだったと報告してきているが」

「……心当たりといいますか」

答えを躊躇ったせいで、ますます課長の疑いは増してしまったらしい。ここは正直にすべてを打ち明けるしかないと腹を括《くく》り、俺は昨日の出来事を話し始めた。

「昨日の夜中、神宮寺が私の部屋を訪ねてきたのです。二時過ぎまで一緒に酒を飲みました。そのあとのことは酔って寝てしまったために覚えていませんが」

「なんだと?」

「秋吉君、君ね」

課長と署長がぎょっとした顔になり、俺に詰め寄ってくる。

「どうしてそんな大切なことを先に言わない」

「やっぱり君たちは繋がっているんじゃないか」

「いえ、ですから」

『やっぱり』と言われても、別に繋がっていたわけではないし、昨日、十八年ぶりに会ったという事実も変えようがない。

そう答えようとしたが、二人は俺にそれ以上の言葉を言わせなかった。

「もういい。君はこの捜査から外れたまえ。今日は終業まで書庫整理でもしているといい」

署長が怒りも露わな顔でそう言い捨てるのに、

「ちょっと待ってください」

俺は慌てて食い下がったが、二人とも俺の言葉にはもう、聞く耳を持たないといった状態だった。

「すぐ下がりなさい。まったく、なんたることだ」

「本当にもう、大問題ですよ。本庁からの申し送り事項どおりでしたね」

「え？」

本庁からの申し送り事項――？　憤懣《ふんまん》やる方なしといった口調で課長が言い捨てた言葉に

引っかかりを感じ、問い返した俺に、課長はしまった、という顔になったが、それ以上問いかける隙を与えなかった。

「早く出ていけと言っているだろう。いつまで愚図愚図してるんだ」

「……申し訳ありません。失礼します」

剣幕に押されたわけではないが、これ以上ここに居座ることは俺にとって何もいい結果を生まなそうであることがわかっただけに、俺はおとなしく頭を下げ、署長室をあとにした。

ドアを閉めるまでの間、射るような二人の視線を感じた。敵意としかとれない厳しい眼差しに、ヤクザと旧知の仲であったというのはそれほどのことか、という疑問が湧き起こってくる。

まあ、推奨されるべきことではないにせよ、ここまで目くじらを立てられるとは、西多摩署は格別に警察官の交友関係に厳しい謂《いわ》れでもあるのだろうか、と思いながら俺は一日刑事課に戻ったのだが、既に宮崎か三木から話がいっていたのか、迎える刑事たちの視線は厳しかった。

「書庫はどこでしょう」

宮崎が俺を見て、にやりと笑ったのが癇《かん》に障ったこともあり、俺はわざと彼の前に立つと、じろり、と彼を睨みながら尋ねた。

「エレベーターのところに書いてありますがね。五階ですよ」

正面切って声をかけられるとは思っていなかったらしく、一瞬ぎょっとした顔になったあと、宮崎が突き放すような口調で俺の問いに答える。何か一言言ってやろうかなと思ったが、室内にいる全員が固唾《かたず》を呑んで俺の出方を窺っている気配を感じ、やめておくか、と心の中で肩を竦めた。

「ありがとうございます」

一応の礼を言い、部屋を出る。背中にまた刑事たちの痛いほどの視線を感じたが、彼らも課長たち同様俺に対し、敵意、もしくは悪意を抱いているのがひしひしと伝わってきた。

五階の書庫は、管理者が誰もいないような埃《ほこり》だらけの部屋だった。整理も何も、何をすればいいんだと思いつつ、机の上に乱雑に積まれた書類を年代順に並べられた棚に戻す作業を始めた。

書類のファイルの順番が結構乱れていたので、それを並べ直しながら俺は、捜査から外されることになった事件について考えていた。

鉄砲玉の山内が殺された理由はなんだろう。青龍会の報復か、はたまた彼を一千万もの多額の金で雇った暴力団の制裁か。彼が電話で呼び出されたなどの経緯を思うと、流しの犯行である可能性は著しく低い。報復か制裁、どちらかだと思うのだが、制裁を加えるには早急なのではないかという気がしないでもない。

一千万もの金を渡しているのだ。一度失敗したとしても、普通は相手を殺すまでトライしろと再チャレンジさせるのではないだろうか。

それを山内が嫌がったから殺した——という線もないではないか、と思いながらも自分の考えが青龍会の報復のほうに傾いていることに俺は気づいていた。

にもかかわらず、俺の思考がそちらへといかないのは、泰隆の存在があるからに違いなかった。

『アリバイならある』

にやり、と意味深に笑ってみせた泰隆の端整な顔が俺の脳裏に蘇る。

もしかしたら彼は、その『アリバイ』のために昨夜俺の部屋を訪れたのではないだろうか――彼が『アリバイ』という言葉を口にしたときから俺はずっとそのことを考えていた。

アリバイの証人としては、刑事の俺は最適だろう。現に課長も署長も顔を顰めながらも、昨夜俺が泰隆と会っていたことを疑おうともしなかった。

どちらかといえば、この十八年の間、泰隆とは一度も会っていないというほうを疑っていたんだよな、と、二人の顔を思い浮かべていた俺は、自分が考えなければならない事件から敢えて目を背けようとしていることに気づき、一人溜め息をついた。

多分俺は認めたくないのだ。昨夜の泰隆の訪問は確かに不自然ではあった。昼間は知らん顔をしておいて、夜になり突然訪ねてくるなど、サプライズならわかるが、お互いもうそんな「相手を驚かせてやろう」などとふざけるトシではない。

それに昨夜の彼の行為も――肌を滑る繊細な指の感触を思い出し、ぞわりとした何かが背筋を這い上りそうになる自分に、昼間から何を考えているんだと呆れてしまいながらも、果たしてあれは現実の出来事だったのだろうかと俺は首を傾げた。

夢か、現《うつつ》か。欲求不満が募り、あんな夢を見てしまったのか。

もしかしたら意識下で俺は、彼に触れられたいと思っていて、願望からあんな生々しい夢を見た、と――？

「あり得ないな」

周囲に人がいないのをいいことに、ぼそり、と呟いた俺は、改めて昨夜の出来事を思い浮かべてみた。

『俺はずっとお前に触れたかった』

十八年前、寝ていた俺の唇を唇で塞いだことも、泰隆は認めたのだった。しかし何故だ、と首を傾げた俺は、理由などわかっているだろうにと、己のカマトトとしか思えない疑問に一人で笑ってしまった。

俺は必死で認めまいとしている。キスをしたい、触れたい、という願望は、そのまま俺の胸の内にあったのではないかという事実から、なんとしてでも目を背けようとしているにすぎない。

もしもそのような願望がなければ俺は、昨夜泰隆の手を振り払っていたはずだった。いくら酔っていたとはいえ、抵抗ができぬほどに泥酔していたわけではない。

俺もまた、彼に触れたいと――触れられたいと思っていた。だが、いつから？　十八年前、彼に唇を塞がれたあのときからか？　それともそれより前なのか。

「………」

自分で自分の気持ちがわからない、と俺は溜め息をつき、首を横に振った。

泰隆の気持ちも実際はわかったものではないな、と再び書類整理の仕事に意識を向けながら、俺はまたぼんやりと彼のことを思った。

あの行為ももしかしたら、夜中まで俺の部屋にいるための手段の一つだったのかもしれないし――おそろしく不自然ではあるが、ない話ではない。

泰隆は俺を利用したのか、それとも本当に山内殺害とは無関係なのか。捜査を外されてしまった俺には知る手立てはないが、それでも署内にいれば何か情報は入るだろう。

とりあえず、今は考えることを休もうと俺は気持ちを切り替えると、その後は意識的に何も考えぬよう心がけ、淡々と書庫整理を続けた。


六時になったとき、宮崎が書庫を覗きに来た。自主的にではなく課長に頼まれたようで、

「もう帰っていいそうです」

それだけ言うと、俺の返事も待たずに、立ち去っていった。

鞄はもう持ってきていたので、俺は書庫を出、そのままエレベーターへと向かった。こんなに早く帰れるのは一体何年ぶりだろうと思いながら建物の外に出ようとしたそのとき、

「おい、秋吉」

いきなり背後から呼び止められ、聞き覚えのある声に驚き振り返った。

「なんだ、島田。西多摩に何か用か?」

「用かじゃない。お前に会いに来たんじゃないか」

俺を呼び止めたのは、ついこの間まで警視庁の捜査一課でペアを組んでいた島田という同僚だった。宮崎同様、東大法学部出身の超エリートで、既に警視の肩書きがある。

今年の昇格試験で警視正に挑戦するという彼と俺は同い年だった。年齢は同じであったが、彼の父親は著名な弁護士で、親戚には代議士が何人もいるという。庶民の俺とはまるで違う環境で育ってきたお坊ちゃんなのだが、何故か酷く馬が合い、仕事を離れたところでも飲みにいったり遊びにいったりしていた仲だった。

「俺に?」

なんだってまた、と首を傾げている俺の背に島田は腕を回すと「いいから行こう」と足早に歩き始めた。

「行こうってどこに」

「あまり人には聞かれたくない話をしたい。お前の部屋は?」

どう見ても焦っている、もしくは苛立っているように見える島田にそう問いかけられ、俺は別に来るのは構わないと頷いた。

「どこだ」

「徒歩で十五分くらいかかる。タクシーに乗るか?」

「そうだな」

俺が提案した次の瞬間には島田は車道に飛び出し、ちょうど走ってきた空車に手を上げていた。

「行こう」

「何を焦ってるんだ」

きびきびした素振りで後部シートに乗り込んだ島田に続いて車に乗り込みながら尋ねると、島田はちらと俺を見たあと、

「あとでな」

一言だけそう答え、口を閉ざしてしまった。

「お客さん、どちらまで」

更に問いを重ねようとしたのだが、運転手に道を指示しなければならなくなり自然と会話は途切れた。ようやく車が走りだしたあと俺は島田を見やったが、島田はまるで俺の問いを拒否するかのように、じっと窓の外を見つめていた。

お坊ちゃんである島田はまた、身だしなみに金をかけることでも有名だった。昔はそれほどでもなかったような気がするのだが、警視になったあたりから彼のスーツはすべて、俺などは名も覚えられないようなイタリアの高級ブランドのオーダーメイドになっていた。もともと彼は背も高く、育ちのよさがそのまま現れているような甘いマスクをしていたために、バシッとしたスーツがよく似合う。スーツだけでなく時計などの小物にも金をかけているようで、給料の殆どをつぎ込んでいるのではないかと先輩に揶揄されることもよくあった。

先輩たちが揶揄したのは、島田にはその高級なスーツや小物がやたらと似合ったからではないかと思う。自分たちとは土台も違えばとんとん拍子に出世していく中身でもかなわないというやっかみが、彼らにそんな言葉を吐かせたのだろう。

島田もその辺はよくわかっているようで、

「僕は実家住まいなので、他に金の使いどころがないんですよ」

笑ってそう流していた。

最近では島田の高級スーツは彼のデフォルトになっていて、もうからかわれることもなくなった。これで警視正にでもなれば、ますます彼を揶揄する者はいなくなるだろう、などと考えているうちに車は俺のアパートに到着した。

「僕が出す」

島田は俺が財布を出すより前に、運転手に千円札を渡していた。「釣りはいい」とレシートも貰わず、早く降りろと俺に目で合図をする。

「一体どうした」

わけがわからないと言いながら俺は彼の先に立ち、外付けの階段を上り始めた。

「どうしてこんな安アパートにしたんだ」

島田が呆れた口調で問いかけてくる。

「言うほど安くはないよ。まあ、高くもないが」

振り返って答えると、島田は眉を顰めきつい口調でこう言った。

「セキュリティのきちんとしたところに入るべきだろう。いくら警部補とはいえ、そう安月給ではないはずだ」

「オートロックとか苦手なんだよ。なんだか監視されてるみたいじゃないか」

「監視じゃない。保障だ」

「どっちにしろ、人から干渉されるのは好きじゃない」

そう言いきると島田は何か言いたげに口を開きかけたのだが、そのときちょうど俺の部屋へと到着したので一旦会話は途絶えた。

「散らかってるが」

今朝、慌てて飛び出した状態であったことを思い出しつつ、俺は鍵を開け、ドアを開いて島田を中に招き入れた。

「……本当に」

俺に続いて部屋に入ってきた島田が、ダイニングのテーブルの上に置かれた一升瓶と出しっぱなしの漬物の皿を見て呟く。

「朝、いきなり電話で起こされたからな」

我ながら言い訳くさいことを言いながら、俺は既に空いてしまっていた一升瓶と漬物を流しへと運ぶと、

「何か飲むか？　といってもアルコールはビールくらいしかないが」

座ってくれ、と目で椅子を示し、彼に尋ねた。

「ビールでいい」

「つまみも何もないが」

冷蔵庫からスーパードライを二缶取り出し、一缶を島田に差し出す。コップをくれと言われるかなと流しに戻りかけると、

「このままでいい」

まず座れ、と島田は俺の背にそう声をかけ、プシュ、と音を立ててプルトップを上げた。

「なんだよ」

俺も椅子に腰掛け、プルトップを上げる。

「今朝の事件のことだ」

ぐびりと一口ビールを飲んだあと、島田がようやく話を切り出した。

「山内殺害か?」

「ああ」

相変わらず島田の口調は厳しく、俺を見据える目つきは鋭い。

「お前が担当なのか? 七係の連中が来ていたような気がしたが……」

「担当じゃないが、話は入ってくる。お前、容疑者のヤクザと面識があったというのは本当なのか?」

「なんでそれを」

確かに七係は隣の部屋であったから、事件について漏れ聞こえることくらいはあるかもしれないが、まさか島田が俺と泰隆の繋がりを言及してくるとは、と驚いたあまり俺は答えるより前に、そう問い返してしまっていた。

だいたい俺が泰隆と旧知の仲だということを人に明かしたのは今日の午後、署長室に呼び出されたあとの話だ。数時間でその話が島田の耳まで届くなど、とても考えられないことだった。

「『なんで』じゃない。事実か、事実じゃないか、まずそれを教えてくれ」

島田は俺の問いには答えず、先ほどの自分の問いへの答えを強要する。

「容疑者という認識は俺にはなかったが、関係者であるヤクザと知り合いだというのは本当だ」

俺もまた島田の問いを突っぱねようとしたのだが、埒が明かなくなるかと考え直した。

「神宮寺泰隆？」

素直に答えた俺に、島田が名前を尋ねてくる。

「ああ」

「どういう知り合いなんだ」

「高校の同級生だ。会うのは十八年ぶりだった」

「………」

島田が何か言いたそうに一瞬口を開きかけた。多分「本当か」などの確認であると思い、俺は問われるより前に、

「本当だ。思わぬ再会に誰より驚いたのは俺だ」

そう言葉を足し、ビールを呷った。

「お前の言葉を疑ったわけじゃない。だが、偶然にしてはあまりにもできすぎていやしないか？」

島田も俺につられたようにビールを呷ったあと、言葉の表現に気をつけていることがありありとわかるぎこちない口調で俺にそう問うてきた。

「事実は小説より奇なり、としか言いようがない」

「お前まさか、そんなふざけたことを西多摩署長にも言ったんじゃないだろうな」

島田がぎょっとしたように目を見開いたのに、

「言わないよ」

言うより前に聞く耳を持たれなかった、と俺は首を横に振った。

「……結果オーライだな」

やれやれ、というように島田が溜め息をつく。

「お前はもう少し、人の目を気にしたほうがいい」

「上役に気を遣えと？」

馬鹿馬鹿しい、と鼻を鳴らすと、島田がまた、やれやれ、というような溜め息をついた。

「別に越野《こしの》のようにやれ、と言ってるわけじゃない。最低限の気を遣えということだ」

越野というのは、名前のとおり上司に『腰巾着』のようにつきまといご機嫌をとる同僚の名だった。プライドも何もあったものじゃないと島田は彼を毛嫌いしていたのだが、俺はまあ、人それぞれじゃないかと彼より醒めた目でその腰巾着ぶりを見ていた。

「まあ、コミュニケーションが滞らない程度には気を遣うことにするよ」

「それじゃ足りないんだよ。特に今のお前には」

「え？」

ぼそりと零された言葉に、どういう意味だ、と眉を顰めて問い返すと、島田は明らかに動揺した様子になった。

「あ、いや……」

「お前、何か知ってるな？」

普段の島田はポーカーフェイスで、なかなか人に表情を読み取らせない。だが、不意を突かれるのには弱く、こんなふうに心中を悟らせることがままあった。

俺はそれを彼の育ちのよさのためだと見ていたが、本人はそんな自身の甘さを結構気にしているようで、からかわれようものなら心底むっとした様子になる。刑事としてはまあ、弱点にもなり得るので、気にするのもわからないでもないが、滅多にないことなのだからそうナーバスにならなくてもいいのでは、と常日頃俺は思っていた。

「………」

落ち込んでいるようではあるが、俺も自分のことゆえ知りたい気持ちを抑えることができない。

「教えてくれよ。西多摩署でもやたらと俺に対する反発が強い。最初は俺が本庁から来たせいかと――よくある本庁バッシングかと思っていたが、どうもそれだけではないようだ」

言いやすいように西多摩署の連中のことを持ち出したが、島田の口はなかなかに重かった。

「今日も署長に気になることを言われたばかりだし」

仕方がない、と俺は彼から話を聞き出すべく、更に西多摩署での対応を喋ることにした。

「何を？」

島田が端整な眉を顰め、探るような目で俺を見る。

「『本庁からの申し送り事項のとおりだ』とかなんとか。一体どういう申し送りがされてるんだ？」

「…………」

俺の言葉に、今度こそ島田ははっきりと顔色を変えた。

「おい」

「……まったく……」

どうした、と問いかけた俺に、島田が押し殺した溜め息で答える。

「なんだよ」

「西多摩署長の口の軽さには呆れたよ」

苦虫を嚙み潰したような顔で島田はそう言うと、ビールを一気に呷り、カタンと音を立てて空の缶をテーブルに下ろした。

「もう一本、貰っていいか」

「どうぞ」

島田が立ち上がり、冷蔵庫へと向かってゆく。ビールと水くらいしか入っていない冷蔵庫の中からビールを取り出し、振り返って俺にどうする、と目で尋ねてきたので飲むと答えると、島田は二缶を片手で持ちテーブルへと戻ってきた。

「ほら」

「どうも」

差し出された缶を受け取り礼を言ったのに、島田は笑いもせずに俺の前の席へと再び座ると、プルトップを上げ持ってきたビールを呷った。

「話すつもりはなかった」

「ああ？」

何を、と問うた俺に、島田は大きく溜め息をついたあと、缶をテーブルへと下ろし両手をそのテーブルの上で組んだ。

「……俺は濡れ衣だと思っていたからな。そのうちに誤解が解け、お前が本庁に戻ってくると信じていた」

「だから何が」

なかなかに話の肝を言おうとしない島田に焦れ、我ながら尖った声を上げた俺に、島田は一瞬目を見開いたあと、再び目を伏せ、ぼそり、とこんなことを言いだした。

「お前に黒い噂がある」

「え？」

勤惰状況は人並み——特別に真面目なわけでも、不真面目なわけでもないと認識しているだけに、いきなり彼は何を言いだしたのだ、と俺は相変わらず顔を伏せたまま、ぽつぽつと話し続ける島田を茫然と見やっていた。

「最近覚醒剤取引や拳銃の密輸摘発の情報が、かなりの確率で当該の暴力団に流れているという話、お前も聞いたことがあるだろう」

「ああ、そういえば……」

組対四課の連中が「またやられた」と騒いでいた様子を思い起こし頷いた俺は、続く島田の言葉に心底驚き、思わず大声を上げていた。

「警察内部に、情報を流している者がいるのではないかと言われているが、上はそれがお前だと思っているらしい」

「なんだって？　なんで俺が」

もともと俺は企業犯罪の捜査に携わることが主であり、ヤクザとのかかわりは殆どといっていいほどない。

特定のヤクザと接触したことなどまるでないというのに、何故にそんな話になっているのだと、仰天している俺に、

「俺だって最初に聞かされたときは耳を疑ったさ」

島田は溜め息交じりにそう言い、わけがわからないというように首を横に振ってみせた。

「お前とは長年ペアを組んでいたからか、上層部に呼び出されたんだ。お前はヤクザとは無縁だと主張したんだが、上はもう、お前を犯人と決めつけているようだった」

「それで今回の左遷か」

「ああ、確信はしていたようだが、証拠が集まらなかったんだろう。暫く本庁から離して様子を見ようということだったんだと思う」

俺の問いに島田は沈痛な面持ちで頷くと、再び缶ビールへと手を伸ばし一口飲んだ。

ごくりと島田の喉が鳴る音が室内に響き渡る。

「……そうか……」

そういうことか、と人事異動には納得できたが、何故に俺がヤクザと通じていると思われたのかには、ちっとも納得できなかった。

「しかしなんだって俺なんだ？　まったく心当たりがないんだが」

驚きが去ると腹立たしさが込み上げてきて、語気荒く言い捨てた俺は、返ってきた島田の言葉に更に腹立ちを覚えることとなった。

「それは俺が聞きたい。だが、お前にヤクザの知り合いがいたとなると、そのあたりから噂が出たのかもしれない」

「確かに泰隆とは旧知の仲だが、昨日十八年ぶりに会ったんだぞ」

「わかってるって。俺はお前を疑ってないよ」

まあ落ち着け、と島田に言われ、確かに彼相手に興奮するのは道理に合わないと俺は「すまん」と頭を下げた。

「いや、気にするな」

気持ちはわかる、と島田は微笑んだあと、不意に真面目な顔になり俺をじっと見据えてきた。

「何より今は、お前の身に降りかかった誤解を解くことを考えよう。本当に心当たりはないのか?」

「ああ、まったく」

どんなに考えようと、噂になるような行動をとった覚えはまるでない。

「神宮寺とも別に、これまでに接触があったわけじゃないんだな」

「……しつこいな」

何回言わせるんだ、と俺はまた、彼とは十八年ぶりに会ったのだと繰り返そうとしたのだが、島田が「悪い」と謝りながらも告げた言葉に、う、と一瞬詰まってしまった。

「西多摩署があまりにも過敏になっているもので、何かあるのかと思っただけだ」

「……まあ、あるといえばあるんだが」

高校時代の同級生であったという程度では、捜査を外されることはなかったのかもしれない。問題は昨夜、ちょうど山内が殺されたと思われる時間に俺が泰隆と共にいた、そのことにあった。

「どういうことだ?」

島田が訝しげに眉を顰め、俺の顔を覗き込んでくる。言いづらいが隠し通したほうがより怪しまれるか、と俺は仕方なく彼に事情を説明することにした。

「昨夜の山内殺害、あの犯行時刻に俺は泰隆と一緒にいたんだ。期せずして彼のアリバイを俺が証明することになったことが、署長や課長を激昂させたのだと思う」

「なんだって?」

その事実は島田をも激昂させたようで、彼の顔色がさっと変わった。

「おい、十八年間交流がなかったんじゃないのかよ」

摑みかからんばかりの勢いで言及してきた彼の剣幕に押され、思わず身体を引いてしまいながらも俺は「そうだ」と頷き、経緯を説明し始めた。

「昨夜、突然泰隆がここを訪ねてきたんだ」

「どうして?　お前、ここには越したばかりだろう?　俺だって新しい住所を知らなかったのに奴には教えたのか?」

「いや。教えてない。第一昼間、狙撃事件の被害者としてゴルフ場で会ったときには、泰隆は俺のことなど知らないという顔をしてたんだ。殆ど会話らしい会話は交わしてない」

「なのにこの部屋にやってきた?」

「ああ」

島田が疑わしい目を俺に向けてくる。気持ちはわからないでもないが、事実だから仕方がない、と思いつつ俺は話を続けた。

「住所をどうやって調べたかは教えてくれなかったが、昼間知らん顔をした理由は教えてくれた。ヤクザに知り合いがいることは俺にとってはマイナスだろうと思ったそうだ。泰隆が酒を持ってきてくれていたんで、それから夜中まで飲んだ。会話の内容は殆ど、昔の思い出話だった」

そのあと彼に床へと押し倒され、唇を塞がれることになるのだが、それはさすがに話せない、と俺は一旦ここで言葉を切った。

「……そんなことがあったんじゃあ、捜査を外されても仕方がないな」

島田が溜め息交じりにそう言い、明らかに呆れていると思われる視線を向けてきた。

「まあ、そうだろう」

「納得するな。お前は呑気すぎる」

素直に頷いた俺に、島田がむっとした顔になる。

「仕方がないだろう。偶然にしろ、まさか山内が殺されるとは思わなかった」

「偶然なのかね、それは」

島田がむっとした顔のまま俺の言葉を遮《さえぎ》ったのに、俺の胸の鼓動がどきり、と変に脈打った。

「え？」

「お前は利用されたんじゃないか？　アリバイ作りにさ」

島田の指摘は、俺の考えるところでもあった。不自然といえば不自然すぎる訪問、そしてそのあとの行為――泰隆が俺をアリバイ作りに利用したという可能性は充分にあり得る。

泰隆は組では若頭の地位にあるという。組織のナンバーツーともなれば、鉄砲玉の一人を消すのに自身が手を下すことはないだろうから、アリバイに意味があるのかという疑問は残るが、念には念を入れたのかもしれない。

だが――。

「……正直、自分でもよくわからない」

「秋吉？」

ぽつりと告げた俺の答えに、島田が驚いたように目を見開く。

「彼は俺を利用したのかもしれないし、昨夜言ったとおり、久々に話したいと思って訪ねてきたのかもしれない。どちらとも俺には判断できない」

偽らざる胸の内を告白しながら俺は、自身の感情に内心首を傾げていた。十八年も経てば人は変わる。外見も、そして多分内面も――もう泰隆は俺の知る彼ではないと考えるべきなのに、何故に俺は心のどこかで、彼に限って、という思いを捨て去ることができないのだろう。

彼に限って俺を裏切ることなどするわけがない、というわけのわからない確信を――。

「……まあ、お前が高校時代の美しき思い出に浸りたいという気持ちはわからないでもないけどな」

島田が俺の感傷を一言のもとに切り捨てる。

「奴はヤクザだ。四課で評判を聞いてきたが、とてもお前が信頼を寄せるべき相手じゃないぞ」

「わかってるよ」

まっとうな人間が、若頭の地位まで昇り詰めることなどできるわけがない。そんなことは常識以前の問題としてわかりきっているはずなのに、何故そう割り切って彼を捉《とら》えられないのか、自分でもよくわからなかった。

十八年ぶりの再会が呼び起こす郷愁に目を眩《くら》まされているのだろうか。それとも昨夜のあの行為に、思いもかけない泰隆の告白に、心惑わされてしまっているのか。

「…………」

そんなはずがない、と俺はふと浮かんだ考えを退けようと軽く首を振ったのだが、そんな俺の耳に島田の、苛立ちを抑えた声が響いてきた。

「わかってないだろう。だいたいおかしいと思えよ。教えもしない自宅に突然訪ねてきたんだろう?」

「まあ、それはそうだ」

「何時頃、奴はここに来た?」

「どうだろう。俺が帰ってきたときにはもう待っていた」

「お前の帰宅は?」

「十一時少し前だった」

「一人で来たんだな？　酒を持ってきたと言っていたが、他に持参したものは？」

「島田、これは尋問か？」

矢継ぎ早に問いを重ねてくる彼の意図を知りたいと俺は、我ながら尖った声で彼の質問を遮った。

「尋問じゃない。どれだけ神宮寺の訪問が不自然だったか、それを立証しようとしてるんだ」

「立証せずともわかるよ」

「いや、わかってない」

互いの声が次第に高くなり、互いを見つめる目つきが厳しくなる。

「決めつけるな」

「決めつけちゃいない。わかってるなら答えろよ」

島田がそう言い、再び俺へと問いを発してきたが、それは詰問というに相応しい語調でますます俺の反発を誘った。

「どんな話をしたんだ？　昔の思い出話というのは具体的にはなんだ」

「…………」

答えたくない、と横を向いた俺に、テーブル越し、島田が身を乗り出してくる。

「何時までいた？　山内殺害の犯行時刻は午後十一時から午前二時の間とのことだったが、その時間ずっと神宮寺はお前と一緒にいたのか?」

「…………」

一人で喚いてろ、と横を向いた俺の胸倉に、島田の手が伸びてくる。

「答えろよ、秋吉」

「放せよ」

ぐい、と摑んだシャツを引かれたのに、首が詰まり息苦しさを覚えた俺は、島田の手を振り払い、彼を睨みつけた。

「おい」

当然睨み返してくるだろうと思った島田が、眉を顰め俺の喉元をじっと見つめている。島田に摑まれたせいでもともと緩めに結んでいたタイは更に緩まり、襟元が乱れていたのだが、一体何を見ているのだ、と俺がシャツの襟を右手で合わせようとしたそのとき、再び島田の手が伸びてきた。

「島田?」

「お前、それ、なんだ?」

島田が立ち上がったと同時に彼の椅子が後ろに倒れ、ガタンというかなり大きな音が室内に響いた。

「なに?」

いきなり右手を摑まれた挙げ句、またもシャツの前を握られ、何をする気だと俺も椅子を蹴って立ち上がり、島田の手を払おうとした。

だが一瞬早く島田は俺のシャツを摑んで引き寄せると、俺の手を離してタイを緩め、そのまま両手で力いっぱいシャツの前を開こうとした。

「おいっ」

パチパチと音を立て、ボタンがあたりに飛び散っていく。信じられない、と怒鳴りかけた俺は、だが島田がどこか茫然とした目になり、うわごとのような口調で告げた言葉を聞いて、あ、と声を上げそうになった。

「首筋のそれ……キスマーク、だよな」

「……っ」

指差された先を、反射的に隠そうとした俺の右手を、またも島田が摑む。

「……昨夜は神宮寺と一緒だったんだよな？」

俺の手を摑んだまま島田がテーブルを回り込み、俺の前に立つ。

「……昨夜、奴と何があった？」

島田の目が変に光っているように見えた。額に脂汗の浮いたその顔は、いつもの彼らしくなく酷く歪んでいる。

「昨夜、お前と神宮寺は何をしたのかって聞いているんだ」

あたかも取調室で容疑者を追及しているがごとき怒声を島田が張り上げた。と同時に彼の手が俺の下着代わりのTシャツへと伸び、捲り上げようとする。

「よせ」

「見せろよ、秋吉！」

シャツを脱がせようとする島田と、彼の手を押さえようとする俺、揉み合ううちにテーブルにしたたかに腿をぶつけたせいで、ビールの缶が倒れ中身が床へと流れ落ちた。

「よせと言っているだろう」

腕力は互角だと思っていたが、体格は圧倒的に島田が有利だった。抵抗を続ける俺を島田がビールの零れたテーブルへと押し倒した。両手首を片手で捕らえたあと俺の頭の上で押さえ込み、シャツを一気に捲り上げる。

「やめろ！」

灯りが煌々《こうこう》と照らす中、裸の胸を晒《さら》され、羞恥と嫌悪がないまぜになり思わず大声を上げてしまったそのとき——。

「一体、何をなさっているのかな」

いきなり室内に響いたテノールに、俺も、そして俺にのしかかっていた島田もぎょっとし、声のしたほうを見やった。

「な……」

「こんばんは」

驚きの声を上げた俺に、頬へと落ちる髪をさらりとかき上げ、にっこりと微笑みかけてきたのはなんと、今まで島田に散々関係を追及されてきた相手、神宮寺泰隆その人だった。

6

「強姦はよくないな」

　思いもかけない泰隆の登場に、俺も、そして島田も茫然としてしまっていたのだが、彼が歌うような口調でそう言いながら近づいてきたのに、二人して我に返った。

「何が強姦だ」

　憮然とした顔で島田が起き上がり、泰隆を睨む。

「押し倒して服を剝ぐ。立派な強姦未遂だと思うが」

「強姦したのはお前だろう！」

　島田は日頃あまり、声を荒立てることがない。それもまた彼の育ちのよさゆえなのかもしれないが、その彼が泰隆を怒鳴りつけ、人差し指をビシッと音が出るような勢いで突きつけた。

「強姦？　それこそ言いがかりだ」

　泰隆が大仰に目を見開き、肩を竦めてみせたあと、ゆっくりと俺へと視線を向けてくる。

「そうだろう？　秋吉。合意の上だったよな？」

　小首を傾げるようにして尋ねてきた泰隆の、綺麗な髪がさらりと靡く。

「………」

違う、と言えばいいものを、天井の灯りを受けて輝く彼の黒髪に目を奪われたせいか俺は、何も答えることができずに黙り込んでしまった。

「秋吉、お前……」

何も言わない俺に、島田は信じられない、といわんばかりの眼差しを向けてきたが、それでも俺が口を開かずにいると、やがて彼の表情は絶望的なものに変じていった。

「……帰る」

最後に島田がそう声をかけたのは、俺に弁明のチャンスを与えるためだったのだろう。だが俺は彼の期待を裏切り、じっと黙り込んだまま彼を引き止めることもしなかった。

そんな俺を前に島田は一瞬唖然とした顔になったが、やがてキッと泰隆を睨むと無言で部屋を出ていった。

バタン、と大きな音を立てて部屋のドアが閉まる。

「あれは？」

誰だ、と問いかけてきた泰隆を、今度は俺がきつく睨み、逆に問いを返した。

「お前、何しにきた」

「お前に会いに」

にっこりと見惚れるような笑みを浮かべながら、泰隆が俺に近づいてくる。

「馬鹿なことを言うな」

「馬鹿なことじゃない。本当のことだ」

彼が近づいてくる分、距離を保とうと後ろに下がりかけた俺の腕を、泰隆が摑んだ。そのまぐいと腕を引かれ、彼の胸に倒れ込みそうになったのを足を踏ん張って堪える。

「放せ」

「嫌だ」

俺の拒絶を即刻拒絶で返してきた泰隆は、更に強い力で俺の腕を引き、もう片方の手で強引に背を抱いてきた。

「ふざけるなよな？」

「ふざけてなどいない。お前に会いたくて来た、嘘などついていないと証明しようか？」

近く顔を寄せ、泰隆が俺に囁いてくる。

「どうやって」

「行為で」

またも即答した泰隆に、同じく『ふざけるな』と怒鳴り返そうとした俺の唇は、落ちてきた彼の唇に塞がれていた。

「……んっ……」

よせ、と顔を背けようとしても、執拗に泰隆は俺の唇を追ってくる。彼の熱い掌が背を撫で回すのに、何故か俺の胸の鼓動は速まり、息が乱れ始めた。

　左手でしっかりと俺の背を抱き寄せながら、泰隆は右手を俺の胸へと滑らせてくる。島田がスラックスから引き出したTシャツの裾から入ってきた彼の右手が胸の突起を擦り上げたのに、びく、と大きく身体が震え、いたたまれなさから俺は今更のように拒絶の言葉を叫んでいた。

「やめろ……っ」

「嫌だ」

　泰隆がくすりと笑い、再び俺の唇を塞いでくる。舌を入れようとする彼に、入れさせるものかと唇を引き締め顔を背けようとしたとき、泰隆の指が俺の胸の突起をきゅっと抓《つね》り上げた。

「……ぁっ……」

　その刺激に、びくん、と大きく身体が震え、小さな声が漏れてしまう。その隙を逃すまじとばかりに微かに開いた唇の間から泰隆の舌が入ってきて、俺の口の中で暴れ始めた。

「ん……っ……んんっ……」

　きゅ、きゅ、と断続的に胸の突起を摘まみ上げられ、口内を舌で舐り回されるうちに、次第に俺の両脚は震え始め、自力では立っていられなくなってきた。

「あっ……」

　泰隆がゆっくりと俺を床へと押し倒してゆく。これでは昨日の二の舞だ――昨夜と違い、一滴の酒も入っていないというのに、何故に俺はこうもやすやすと泰隆の意のままになってしまっているのだろう。頭ではそんな冷静な自分の声がするのに、身体はまるで無防備に泰隆の手を、唇を受け入れてしまっている。全身が熱く火照り、血液が下肢へと集まっていくのを抑えることができない。

胸を弄っていた泰隆の手が腹へと滑り、スラックスのベルトを外し始める。ファスナーを下ろし彼の手が直に俺の雄に触れたとき、泰隆が、ほお、というように目を見開き、微かに唇を離して俺に微笑みかけてきた。

「『やめろ』という状態じゃないな」

既に俺の雄が勃っていることを揶揄した言葉に、頭にカッと血が上った。羞恥の念が俺を我に返らせる。

「いい加減にしろ！　お前、どういうつもりなんだ」

放せ、と捕らえられた手を振り解こうともがきながら泰隆を睨み上げると、

「昨夜も言ったろう。俺はずっとお前に触れたかったと」

泰隆は俺の視線を余裕の笑みで受け止め、更に強い力で俺の手首を床へと押し付けると、再びゆっくりと俺に顔を近づけ唇を塞ごうとした。

昨夜――彼の身体の下で身悶え、その手の中に精を吐き出した己の姿が過《よぎ》り、ますます頭に血が上ってしまったのだろう。気づいたときには、そこまでは考えていなかったということを語気荒く彼にぶつけていた。

「何が昨夜だ！　あれだって俺をアリバイに利用しようとしたんじゃないのか⁉」

「アリバイ？」

泰隆の動きがぴたりと止まる。一瞬訝しげな顔をした彼だったが、やがて、

「ああ」

納得したように頷くと、今までの笑みはどこへやら、厳しい顔で俺を見下ろしてきた。

「昨夜の殺人事件か」

「ああ、そうだ」

頷いた俺を見る泰隆の視線がますます厳しくなる。

「お前も俺を疑っているのか」

「『アリバイ』を持ち出してきたのはそっちだろう」

実のところ俺は、山内殺害を泰隆の犯行と確信したことは一度もなかった。彼かもしくは彼の配下の者の仕業かもしれないという可能性を捨てることはできないと頭ではわかっているのに、意識下でその可能性を自ら排斥しようとしていた、そんな状態だった。

あたかも疑っていたというような答えを返したのはまさに、売り言葉に買い言葉以外の何ものでもなかったのだが、泰隆にそんな俺の心情が伝わるはずもなかった。

「俺がお前をアリバイに利用したと、本気で思ってるのか」

「それを聞きたいのはこっちだ。お前は俺を利用したのか」

またも売り言葉に買い言葉で問い返した俺に、泰隆は一瞬目を細め、なんともいえない――強いていえば傷ついたような顔になったあと、未だに握っていた俺の雄を放し、一気にスラックスを下着ごと引き下ろした。

「よせっ」

いきなり下肢を丸裸にされ、ぎょっとしたあまり身を竦ませてしまった俺の尻に泰隆の手が伸びてくる。

「やめろ」

殆どついていない尻の肉をぎゅっと掴まれたとき、ぞわりとした刺激が背筋を這い上ってきたのに動揺し、泰隆を蹴り上げようとしたのだが、一瞬早く泰隆は捕らえていた俺の腕を放すと、両手で俺の両脚を掴んで持ち上げ、身体を二つ折りにするような体勢を取らせた。

「放せっ」

暴れようにもがっちりと上から押さえ込まれ、身動きをとることができない。自由になった両手を振り回したが、泰隆の身体に触れることすらできなかった。

「放せと言ってるだろう！」

いくら怒声を張り上げようとも、じっと俺を見下ろす泰隆の表情は変わらなかった。どこか冷めた目で俺を見据えていた彼が、抱えていた俺の片脚を放し自身のスラックスのファスナーを下ろす。彼の手が中へと入り、既に勃ちきっていた雄を引っ張り出したのを自分の両脚の間から眺めているしかなかった俺は、続く彼の行動に正真正銘の悲鳴を上げた。

「よせーっ」

再び俺の両脚を抱え上げた泰隆が、自身の雄の先端を俺の後ろへと——後孔へと擦りつけてきたのだ。ぬるりとしながらにして熱い塊が二度、三度擦られる。気味が悪いとしかいえない感触に俺は総毛立ち、がたがたと震え始めてしまっていた。

「怖いか」

泰隆がにっと笑いかけてくる。

「……馬鹿な……っ」

負けん気から睨み返したが、気味が悪いなどという感覚はまだまだ序の口で、この先あれほどの苦痛が待ち受けているとわかっていたなら、そんな悪態をつくことはなかったかもしれない。

「気が強いところも相変わらずだ」

泰隆が一瞬、懐かしむような目を俺に向けた。が、俺が睨み続けていると、ふっと目を逸らして苦笑し、俺の両脚を抱え直して更に高く腰を上げさせ、露わにした後孔へといきなり雄を捻じ込んできた。

「痛っ」

ぴりぴりと皮膚が裂ける痛みに続き、身体を引き裂かれるような激痛が俺を襲う。一気に奥

まで貫かれたのに、鮮血がそこから背に向かって伝わり、ぽたぽたと床へと落ちたのがわかった。

「痛い……っ……泰隆……っ……」

貫かれたあとには、激しい律動が待っていた。狭いところを無理やり押し広げられる苦痛と、内壁をかさの張った部分で擦られる摩擦が生む痛みに、俺の口からは苦痛の呻《うめ》きが漏れ、ぎゅっと閉じた目からは感情によるものではない、生理的な涙がぼろぼろと零れ落ちる。

「やめてくれ……っ……もうっ……」

ずんずんと規則正しいリズムで俺の奥深いところを抉《えぐ》る動きを止めてほしいと、懇願したが無駄だった。少しも速度の緩まる気配のない突き上げが延々と続く。既に痛みが飽和状態を迎えていたせいで、俺の後ろはもうなんの感覚もなくなっていた。

「……っ」

目を閉じていると、泰隆の荒い息遣いがよく響いた。次第に彼の息が上がってくると共に、律動が更に激しくなってゆく。

「……くっ……」

頭上で低い声がしたその瞬間、ずしりとした重さを中に感じ、ようやく泰隆が達したことを俺は悟った。

ずるり、と彼の雄が抜かれ、抱えられていた両脚が床へと下ろされる。

「………」

今までの乱暴な所作を裏切る、まるで壊れ物でも扱うような丁寧さに違和感を覚え、薄く目を開いた先では、泰隆が立ち上がり、服装を整えていた。俺の視線を感じたのか、泰隆が自身の髪をかき上げながら俺を見る。

「謝るつもりはない」

「………」

ぼそりと、それこそ聞こえないほどの声でそう告げると、そのまま彼は踵を返し俺の部屋を出ていった。バタン、と玄関のドアが閉まった音が響いたのに、いつしか茫然と彼を見送ってしまっていたことに気づき、舌打ちしながら俺は身体を起こそうとした。

「……っ……」

激痛が走ると同時に、どろりとした液体がそこから流れ落ちる。体感したことのない痛みと、やはり体感したことのない気色の悪い感触に眉を顰めて耐えながら、俺はのろのろと身体を起こし、這うようにして玄関へと向かった。

内側から鍵をかけたところで力尽き、ドアを背に足を投げ出すようにして床に腰を下ろす。裸の下肢が泥で汚れるとは思ったが、身体は動かなかった。

犯されたのだなあ、という実感が、今更のようにひしひしと俺の胸に込み上げてくる。

昨夜も泰隆に同じように床へと押し倒されたけれども、犯されたという気はしなかった。では合意かと言われると、それも違うような気がするのだが、今夜の彼の行為は強姦以外の何ものでもなかったと思う。

しかし何故だ――？　何故泰隆は俺を犯したのかと、じっと目を閉じ、考えようとしても、下肢から絶え間なく襲ってくる疼痛《とうつう》が俺の思考を妨げた。

『謝るつもりはない』

部屋を出しなに泰隆が漏らした言葉が俺の脳裏に蘇る。

あのとき彼はどんな顔をしていたのだったか――思い出そうとしても何故か鮮明にその像は浮かんで来ず、身体が冷えきるまで俺は玄関先で座り込み、裸の膝に顔を伏せ続けた。

翌日午前七時、もと上司である警視庁捜査一課長より携帯に電話があった。午前八時半までに本庁まで来るようにと言うだけで、その理由を尋ねるきっかけすら与えず電話を切った課長の声は、酷く硬いものだった。

一夜明けても疼痛は治まらなかった。シャワーを浴びたときには裂傷に湯が染みる痛みまで重なり、気力で支度を終えると俺はふらつく足をしっかりと踏みしめ、駅への道を急いだ。

本庁に到着した時点で西多摩署に連絡を入れたが、課長は既に本庁の呼び出しを知っていた。

「用件がすんだらこちらに一度顔を出すように」

愛想もクソもない口調でそれだけ言い、電話を切った西多摩署の課長は既に『用件』を察していたのかもしれない。

捜査一課を訪れると、課長は俺を最上階にある会議室へと連れていった。もと同僚たちが一斉に俺を見たが、声をかけてくる者は誰もおらず、俺が目を向けるとわざとらしく目を逸らすといった様子で、明らかに皆俺とかかわり合いになるのを避けていた。

「暫くここで待っているように」

大会議室の隣、小さな控室に通されたあと、そのまま俺は一人で三十分ほど待たされた。手持ち無沙汰になり、手洗いにでも行こうと部屋を出ようとしたとき、扉の前に制服姿の警官が立っていたことにぎょっとし、思わずまじまじと顔を見やってしまった。

警官も一瞬ぎょっとしたように俺を見返したが、すぐに「何か」と問いかけてきた。

「いや、手洗いに」

「わかりました」

頷いた警官は、なんと俺のあとに続き、トイレまでついてきた。

「……？」

さすがにトイレの中まで入ってくることはなかったが、用を足して外に出ると直立不動の姿勢でその場で待っていて、再び俺をぎょっとさせた。

「どういうことだ?」

まるで見張られているようだと思いつつ問いかけたのだが、警官は「はあ」と言ったきり、口を開く気配がない。

「俺を監視しているのか?」

「……はあ……」

更に問いを重ねても、やはり困った顔で「はあ」しか言わない彼を問い詰めても無駄か、と俺は部屋に戻りながら、いつの間にか隣の大会議室に張られていた墨書きの張り紙へと何気なく目をやった。

『査問委員会』

「え?」

まさか、と思わず足を止め、張り紙を見やってしまっていた俺に、背後から制服姿の警官がおどおどと声をかけてくる。

「控室にお戻りいただけませんか」

「……ああ」

反射的に振り返って見た彼の顔は酷く緊張していた。まるで犯人を逃走させまいとしているかのような彼の表情に、ますます俺の中で『まさか』という思いが募っていった。

昨夜島田から聞いたところによると、上は俺がヤクザと通じているのではないかと疑っているらしい。実際左遷にはなったが、まるで身に覚えがなかったゆえ、そのうちに疑いは晴れるだろうと俺は楽観視していた。

事態を甘く見すぎていた――そのことに俺が気づいたのは、警官に伴われて戻った控室で更に十分ほど待たされたあと、呼ばれて入った『査問委員会』の席上でだった。

ずらりと並んだ査問官から、俺は『山科組《やましな》』とのかかわりを詰問された。

「山科組、ですか」

確か最近、新宿で目立つ動きをしている暴力団組織だというぐらいの知識はあったが、それ以上は何も知らない、と俺がいくら言っても、査問官たちの追及は止まらなかった。

「安田《やすだ》という若頭との繋がりがあるだろう」

「山科組長と、組長が懇意にしているクラブで共に酒を飲んでいたという話も聞いている」

次々と出される山科組の幹部の名に、一人として聞き覚えのあるものはなく、俺は「知らない」と繰り返したが、やはり聞く耳を持ってはもらえなかった。

「証拠は挙がってる」

「証拠も何も、心当たりがまったくありません」

押し問答のようなやりとりを三十分強続けたあとには、三ヶ月以上前から毎日俺がどこで何をしていたかという厳しい追及が待っていた。

「覚えていません」

「思い出してもらわなければ困る」

ここでもまた押し問答になったが、あまり突っぱねるとそれこそ胸に疚《やま》しいことを抱えていると誤解されるかもしれないと、俺は手帳を捲りながら思い出せる限りこの三ヶ月の自身の行動を詳細に述べた。

「今日はこれで帰ってよし」

約一時間半にもわたる長い尋問を終え、査問官に言われて部屋を出たときには俺の声は、喋らされすぎて嗄れてしまっていた。

ただでさえ身体がキツいところにもってきて、一時間半もの間、会議室では椅子すら与えられなかったことで疲れ果てていた俺は、捜査一課に顔を出す気持ちの余裕もなく、そのまま建物の外に出ようとした。

ここから西多摩署に戻るのには、延々一時間ほど電車に乗らなければならない。疲労困憊してもいるし、少々贅沢《ぜいたく》だがタクシーで向かうか、と車道に向かって歩道を横切ろうとしたそのとき、

「秋吉！」

背後から声をかけられ、振り返ったそこには、どうやらここまで駆けてきたらしい島田の姿があった。

「……やあ」

途端に俺の頭に昨夜の彼との気まずい別れが過り、浮かべかけた笑いが頬のあたりで凍りつく。

「『やあ』じゃないよ。お前、査問委員会にかけられたんだって？」

息を乱しながら問いかけてきた島田は、ちらと周囲を見やったあと、「少し歩こう」と俺を誘って歩道を歩き始めた。

「やっぱり皆に知られてるんだな」

「まあな」

もと同僚たちの様子を思い起こし問いかけた俺に、島田はなかなかに複雑な顔をして頷くと、

「で？」

どうだった、と俺の顔を覗き込んできた。

「まったくわからん。『山科組』とのかかわりを根掘り葉掘り聞かれた」

「山科組か……最近新宿を荒らしまくってる新興団体だな」

俺などより島田のほうがよほど当該の組には詳しいようで、なるほどね、と頷くと、

「他には？」

何を聞かれたのだ、と問いを重ねた。

「他は別に……あとはこの三ヶ月間の俺の行動をすべて喋らされた」

おかげで喉が嗄れた、と告げながら俺はちらと島田の表情を窺った。

「そうか……」

うーん、と腕組みをし、じっと考え込んでいる彼の様子は、普段とまったく同じように見える。島田にとって昨夜の出来事は、なかったことにされているんだろうか。俺としてはそのほうがありがたいのだが、と内心溜め息をついたそのとき、

「神宮寺との繋がりについては何か聞かれたのか」

島田がいきなりその名を出してきたことに、俺は動揺のあまり一瞬言葉を失ってしまった。

「どうした」

島田がじっと俺の目を見据え、再び問うてくる。

「いや、まったく名前は出なかった」

動揺しつつも首を横に振った俺に、島田は再び「そうか」と頷くと、暫くまた何か考えている様子で黙り込み、二人の間に沈黙のときが流れた。

「……お前、そろそろ戻らなくていいのか？」

五分ほど歩いたあと、俺が島田にそう問いかけたのは、沈黙の重さに耐えかねたせいだった。

「ああ、そうだな」

島田がどこかほっとした顔で笑い、足を止める。

「それじゃあ」

「ああ、またな」

島田が手を上げ、踵を返したのに、俺も彼の背中に声をかけ、踵を返しかけた。

「秋吉」

数歩進んだところで島田に声をかけられ、なんだ、と俺は肩越しに彼を振り返った。

「俺はお前を信じているから」

きっぱりと——こっぱずかしくなるほどにきっぱりとした口調で島田はそう言い、俺に向かって頷いてみせた。

「ありがとう」

俺のあとを追うということ自体が島田にとっては相当まずい行為ではないかと思う。他のもと同僚たちがかかわり合いになるのを避け、俺と目も合わせてくれなかったのに対し、周囲の白い目をものともせず、俺を信じていると言いきってくれた島田に、俺の胸は熱く滾《たぎ》り、目頭までもが熱くなってきた。

「礼を言われる覚えはないよ」

島田がにっと笑い、片目を瞑《つぶ》ってみせる。顔立ちが整いすぎているだけに嫌みに見えるほどに決まっているそのウインクに、俺も笑顔を返し「それじゃあ」と右手を上げた。

「それからな」

踵を返しかけた俺に、島田が更に声をかけてくる。

「なに？」

「……神宮寺泰隆にはもう近づかないほうがいい」

どこか思いつめたような顔でそう告げた島田を前に、俺はまた一瞬言葉を失った。

「プライバシーに口出しするつもりは毛頭ないが、忠告だけはさせてくれ」

「プライバシーなどないよ」

いかにも育ちのいい島田らしい上品な表現をしていたが、島田が俺と神宮寺の関係を疑っていることは明白だった。

否定した俺を前に、今度は島田が一瞬黙り込んだあと、一歩を俺へと踏み出し再び口を開いた。

「神宮寺という男は、マル暴で要注意人物としてマークされている。青龍会が短期間であれだけ力をつけたのは、若頭である彼の働きによるところが大きいというが、その若頭になるために、かなりあくどいことに手を染めてきたという話だ」

「……そうか」

他に相槌の打ちようがなく頷いた俺をちらと見たあと、島田がまた口を開く。

「のし上がるためなら手段を選ばない。組長の三郷《みさと》のオンナだったという噂すらある」

「……オンナ……」

ヤクザの組長には無類の女好きも多いが、意外にもホモが多いと聞いたことがあった。任侠の世界は男の世界だから、というわけでもないだろうが、ゲイバー通いが趣味という組長も結構いるらしい。

泰隆は美女が裸足で逃げ出すほどの美貌の持ち主であるから、組長に気に入られたとしてもなんの不思議もないが、それでも何故か俺はそのことに衝撃を覚えずにはいられないでいた。

「まあ、あれだけの美人だからな。単に誹謗《ひぼう》中傷の一つかもしれんが、青龍会と敵対する組を潰すのに奴が暗躍していたというのは事実らしい。実際手を汚したことも一度や二度じゃないという話だ」

「逮捕歴は？」

手を汚したのが事実であるのなら、当然逮捕歴はあるだろうと思って問いかけると、

「ない。身代わり自首ではないかと疑われながら、他の奴が起訴された件なら山ほどあるが」

島田は顔を顰め、吐き捨てるような口調でそう答えた。

「……そうか……」

これもまた、ヤクザという組織内ではない話ではないのだが、泰隆がやったとなるとどうにも違和感を覚えてしまう。たとえどんな罪を犯したとしても、俺の知る泰隆はその罪を人に被せることを潔しとする男ではないのだ。

だが果たして今の泰隆は『俺の知る泰隆』なのだろうか――昨夜俺を組み敷き、犯した彼は少なくともかつての彼ではなかったが。

「だからな」

いつしかぼんやりと一人の思考に嵌《は》まり込んでいた俺は、島田の声にはっと我に返った。

「もう神宮寺には近づくな。あいつがコンタクトをとってきたとしても無視しろ。査問委員会にかけられているこんなときに、他のヤクザとかかわりがあることがわかれば、警察内でのお前の立場は悪くなる――どころか、懲戒免職にもなりかねないんだからな」

厳しい口調、厳しい眼差しで島田が俺を諭す。

「いいな、秋吉」

「ああ」

念を押されたのに頷くと、俺をきつく見据えていた島田の目が微笑みに細まった。

「過干渉だと言われたらどうしようかと思ったよ」

「言わないよ。感謝している」

査問委員会にかけられた俺などとは、極力かかわりを避けたいというのが人情だろうに、島田はわざわざ俺を追ってきただけでなく、俺のことを心配し意見までしてくれる。

彼にとって一つのメリットもないその行為を感謝こそすれ、過干渉などと思うわけがない。

正直な胸の内を答えただけであるのに、島田は酷く嬉しそうな顔になり、「そうか」と笑って俺の肩を叩いた。

「それじゃあな」

「ああ、またな」

島田が右手を高く上げたあと、今度こそ踵を返して署に向かって駆けだしてゆく。慌てて出てきたらしく、上着も着ずにいた彼の白いシャツの背を暫く見送ったあと、俺も踵を返し、車道へと向かって歩き始めた。

タクシーを捕まえ、行き先を告げる。

「高速、乗りますか」

「ああ、混んでなければ」

答えながら車窓に目をやったとき、署に戻る途中の島田を追い越したのがわかった。ほんの一瞬のことで、手を振る暇もなかったが、ちょうど車が横を通るときに彼がシャツの袖を捲り上げた、その様子が俺の目に飛び込んできた。

歩いているうちに暑くなったのか、腕捲りをした彼の右腕に白い包帯が巻かれているように見えた、その残像は何故か俺の脳裏からなかなか消えてはいかなかった。

7

西多摩署に戻ると、席につく間もなく課長に署長室へと連れていかれ、査問委員会での状況を逐一報告させられた。

「当分の間、自宅で謹慎しているように」

話を聞き終えると署長は俺にそう命じ、手帳の提出を求めた。

署の出入り口まで課長は俺について来た。俺を見送ってくれたというよりも見張っていたのだろう。

「処分は覚悟しておくんだな」

最後に課長はそう言い、俺を送り出したが、捜査状況を尋ねたのには「お前は知らなくてもいいことだ」と答えてはくれなかった。

出入り口に立っている警官の目すら厳しいものに感じながら、俺は署を出て家への道を歩き始めた。

処分を覚悟しろと言われたが、下手をするとこのまま弁明の余地もなく、懲戒免職になる可能性もありそうだった。

ついてない――多少の心当たりが、せめてあの行動が疑われたのでは、程度でもいいから、何か心当たりがあれば、まだ納得できようものの、まるで思い当たる節がないこの状態は『ついてない』の一言に尽きた。

どうして俺がヤクザとの癒着を疑われることになったのか、その種明かしが少しもされないあたり、不公平としかいいようがないが、こういった処分には公平性など最初から求められてはいないのだろう。

懲戒免職を待たずして辞表を提出したほうがいいだろうか。下手に罷免《ひめん》されたあとでは、次の就職先にも困るだろう。

考えれば考えるほど憂鬱になってしまう。アパートに戻ったところで、あの何もない狭い部屋の中ではますます陰鬱な気持ちに陥ってしまうだろうと思ったとき、ふと、気晴らしに少し街を歩いてみるかという気分になった。

身体は相変わらず本調子ではなかったが、室内で鬱々と一人の時間を過ごすよりはマシだ、と、家へと向かう路地を曲がることなく、俺は大通りを歩き続けた。

目的もなく歩いているうちに、隣駅が見えてきた。俺の通っていた高校がある駅だ、と気づいたと同時に、久々に母校を訪ねてみようという気になった。

卒業してからは一度も訪れたことがない。随分様変わりしているだろうと予測しつつ、てくてくと大通りを歩くこと三十分、辿り着いた母校は予想に反し、昔のままの佇《たたず》まいを見せていた。

自転車通学だったため、登下校にはいつも裏門を使っていた。今日も俺は裏門を入り、懐かしい校舎を見上げた。

校舎の向こう側にはグラウンドがあり、更に回り込むとプールが、そしてその横には応援団が練習をしていた小グラウンドという名の狭い裏庭のような場所があった。

腹筋百回、腕立て伏せ百回など、厳しい練習をしたものだ、と当時を懐かしく思い起こしながら校舎を回り込んでグラウンドへと出る。

ちょうど体育の授業をしているらしい生徒たちを横目に、かつての辛い練習の場である小グラウンドを目指し歩いていく俺を、教諭らしい大人が訝しげに見つめていた。

何か聞かれたら卒業生だと言うつもりだったが、声をかけてくる気配もなかったので、そのまま小グラウンドを目指した。

グラウンドとは名ばかりのそこは、雑草の生い茂る丘状の場所だった。丘といっても高さがそうあるわけではなく、単に整備されていない、そんな感じだ。

グラウンドは当然のことながら、野球部が練習に使っていたため、俺たち応援団の練習はこの狭い場所でやるしかなかったのだが、まず伸びきった雑草を引き抜くことから練習は始まったのだった。

懐かしい母校の風景を眺めるうちに、次々と当時の記憶が蘇ってくる。そう、こうしてプー

ルを横切ったところが、小グラウンドだった、と思いながら足を踏み入れたそのとき、

「……あ……」

十八年前とまるで同じく雑草の生い茂る小さな丘の上、一人佇む男の後ろ姿が目に飛び込んできて、あまりに見覚えのあるその姿に、まさか、という思いから俺は驚きの声を上げた。

「あ……」

俺の声に驚いたのか、振り返った男もまた、俺を見て小さく声を上げる。

そのとき一陣の風が吹き抜け、丘の上に立っていた男の綺麗な長い髪がさらりと靡いた。

「やあ、偶然だな」

乱れる髪をかき上げ、俺に笑いかけてきたのはなんと——十八年前の懐かしい思い出を共有する相手にして、昨夜俺を犯した男、神宮寺泰隆だった。

「どうしてここに？」

『偶然』以外に可能性はないとわかりつつも、思わずそう問いかけた俺に、

「それは俺が聞きたい」

泰隆は苦笑すると、そのままその場で腰を下ろした。

「まさか、あとをつけてきたわけじゃないだろう？」

先にここに来ていたのは泰隆であるから、彼がその疑いを抱くのは当然であろうとは思うが、問いかけてきた泰隆自身、本気でそうは思っていないように見えた。

「まさか」

「だよな」

ははは、と笑った泰隆が視線を俺から彼の頭上へと向ける。思わぬ場所での邂逅《かいこう》が俺に彼への警戒心を失わせていたのか、知らぬまに彼へと近づいてゆくと隣に腰掛け、ぐるりと周囲を見回していた。

「懐かしいな。まったく変わってない」

泰隆の視線が空から周囲へと移り、また俺へと戻ってくる。

「本当に」

「草むしりも辛かったが、腹筋もキツかったな。腹式呼吸をしろとOBに腹を殴られながらの足上げも相当辛かった」

笑いかけてくる泰隆に、まったくそのとおりだ、と俺も笑い返し、かつて自分たちが苦しい練習を続けたグラウンドを見やった。

「懐かしいな」

泰隆が同じ言葉を繰り返し、目を細めてグラウンドを見やる。また風が吹き抜け、彼の髪を靡かせてゆく。遠い昔、暑さで朦朧となっていた俺の目の前に靡いた彼の白い鉢巻の残像がふと脳裏に蘇った。

「この間、夢を見たよ」

唐突に喋り始めた俺に、泰隆が少し驚いたような目を向けてくる。

「お前に会う前の日。地区予選の決勝戦をスタンドで応援してる夢だった。俺もお前も長ランを着て、一生懸命援舞をしながらガラガラ声を張り上げてた……何か予感があったのかもな」

「予知夢か」

はは、と泰隆が笑ってまた、視線をグラウンドへと移す。

「嘘じゃない」

彼の口調に揶揄する様子を感じ取り、心持ちむっとしながらそう言うと、

「別に疑っちゃないよ」

泰隆はまた、はは、と笑って俺を見た。

「俺もよく夢を見る。あの頃の」

「そうなのか」

問い返した俺に、泰隆は「ああ」と頷くと、ぽつり、ぽつりと、まるで独り言のような口調で話し始めた。

「地区予選の決勝戦の翌朝、家に戻ったところを母親に強引に連れ出された。母親は精神的にかなり参ってしまっていたという話は前にしただろう？　そのせいか普段なら絶対に引っかからないような悪い男に騙《だま》されてしまってね、それで家出をしたのさ」

「……………」

何を話し始めたのだろうと俺は黙って彼の話に耳を傾けていたが、やがてそれが俺と別れてからの十八年間の彼の人生であることに気づいた。

「あの頃、母はまだ三十代半ばの女ざかりだったから、甘い言葉をかけられてその気になってしまったんだろう。結局随分経ってから籍を入れたんだが、この相手がヤクザの下っ端だった上にえらいえげつない男でね。母に飽きると覚醒剤漬けにして、客を取らせようとした。そんなことはさせられないと俺は単身で奴の組に乗り込んでいき、偶然その場に居合わせた組長に子供のくせに度胸があると酷く気に入られて、それで盃を受けることになった。ヤクザになる気などさらさらなかったが、盃を受ければ母親の無事はとりあえず保証してくれると組長が言うものでね」

「それが青龍会の組長か」

俺が挟んだ問いに、泰隆は、「ああ」と頷いたあと、またどこか遠い目になり話を続けた。

「せっかく無事を保証されたにもかかわらず、母親は俺の言うことはまるで聞いてくれなかった。すっかり覚醒剤に冒されてしまっていて、薬なしでは生活できない上に、まだ夫を信じてると言うんだ。自分に客を取らせようとしていた男だぜ？　狂ってるとしかいいようがなかったが、俺にはどうすることもできなかった」

自嘲の笑みを浮かべた泰隆が、小さく溜め息をつく。

「泰隆……」

「唯一できたことは、母が覚醒剤を買うための金の無心に来たとき、言われたとおりの金額を渡すことくらいだった」

実際それは、母を廃人にするだけだったが、と呟いた泰隆の声が、風に乗って空へと上っていった。

「……おふくろさんは？」

「生きてるよ。若頭になったとき、地方の病院に入れた。どこまで回復できるかわからないがね」

泰隆の顔がますます痛ましげに歪む。何か気の利いたことを言ってやりたいのに何も言うことができず、俺はただ「そうか」とだけ相槌を打ち、彼の横で雑草の生い茂るグラウンドを眺めていた。

「薬代を稼ぐために、金になりそうなことはなんでもやった。思いきりがいいと組長は俺をますます気に入って引き立ててくれたが、それが逆に俺をヤクザの世界にどっぷりと浸からせることになった。組長は俺を気に入りすぎていてね。組を辞めるとでも言おうものなら、母子まとめて殺してやると、事あるごとに脅され続けたよ。さすがに若頭に指名してからはそんなことも言わなくなり、母を病院に入れることにも同意してくれたがね」

さらり、とまた泰隆の長い髪が風に靡く。

「母親の命を守るためには、ヤクザはやめられない」

ぽつりと呟いた泰隆の声には、少しの感情も込められていなかったにもかかわらず、その言葉を聞いた俺の胸は自分でもどうしたのかというくらいに、ぎりぎりと痛んだ。

それきり口を閉ざした彼と、どう答えたらいいかわからないでいた俺の間に、沈黙のときが流れる。

「昔の夢をよく見る」

唐突に彼がそう言い、くす、と笑って俺を見た。

「夢？」

「ああ、お前も見たと言っていた、応援団の夢だ」

泰隆は俺を見つめていたが、彼の視線は俺を通り抜け、過去へと向かっているようだった。

「……最初、いやいややっていることがあからさまなほどわかったお前の瞳が、だんだんやる気に溢れて輝いてくる。それを見るのが俺は嬉しくて仕方がなかった。二人して——まあ、他の援団の連中もそうなんだが、二人して同じ目標に向かい、一つのことをやり遂げようとしていることが嬉しくてたまらないのが何故か、気づいたときにはもう、お前に惚れていたんだと思う」

「……お前はもてた」

なんでそんなことを言ってしまったのか自分でもわからないのだが、あれほどもてた男が俺などに惚れていたということが信じられないとでも言いたかったのかもしれない。

「まあ、もてなかったとは言わないが……」

泰隆は俺の言葉に苦笑したあと、ふいと俺から目を逸らし、また空を見上げた。

「夢の中で、あの日のままのお前が俺に微笑みかけてくる。学ランを着て、白い鉢巻を巻いたお前が、『いよいよ甲子園だな』と俺に笑いかけてくるんだ。心の底から嬉しげなお前の笑顔が眩しくて、触れたいという思いを抑えきれなくなり、思わず俺は手を伸ばす。夢の中でね」

泰隆が自身の言葉どおり、真っ直ぐに両手を空へと向かって伸ばしてゆくのを、俺はどこか茫然としながら眺めていた。

「もう少しでお前の頬に触れる、というときに必ず目が覚める、その繰り返しだった。夢か、と思い知らされるたびに、自分の馬鹿さ加減に泣けてきたよ。もう十八年も経っているというのに未練がましすぎるとね」

泣けてきた、という泰隆の声は震えていて、まるで本当に泣いているようだった。彼の頬には涙の跡こそなかったが、いつまでも上を向いているのは零れ落ちそうになる涙を堪えているのではないかと思わせるほどに、痛ましい声を上げていた泰隆の手がゆっくりと下ろされてゆく。

「まさかこうしてお前とまた会うことになろうとは、思わなかった」

俺を見てにっこり微笑む彼の瞳は、俺の予想どおり酷く潤んでいた。

「そうだな」

答える俺の声も、彼同様酷く震えてしまっている。

俺の瞳も潤んでいるのだろうと思いながら泰隆に微笑むと、泰隆もまた微笑み、ふいと視線を空へと向けた。俺も彼に倣って空を見上げる。込み上げてくる涙を堪える、そのために。

「空が高いな」

「秋も終わりに近いというのにな」

どうでもいいことを語り合いながら、じっと空を見上げ続ける。

そのとき確かに俺と泰隆の間には、十八年前と同じ時間が流れていた。

暫く二人して空を見上げたあと、どちらからともなく視線を合わせ、俺たちは立ち上がった。

「送ろう」

車で来ているという泰隆の申し出を断る理由もさしてなく、俺は彼に促されるままに彼の車へと向かった。

ヤクザの若頭ともなると、さぞかし派手な車に乗っているのではと思ったが、泰隆の車は国産の大衆車といわれる車だった。

「今日はお忍びだからな」

普段は運転手付きのドイツ車の後部シートに、ボディガード役の子分と共に乗っているらしい。

「ヤクザなんだな」

常に身の危険に晒されているということなのだろうと思いつつ頷いた俺に、

「今更何を言ってるんだか」

泰隆は吹き出し、エンジンをかけた。

暫く走ったあと、泰隆は道か何かを尋ねるような口調で、俺に話しかけてきた。

「査問委員会にかけられたんだって？」

「え？」

どうしてそれを知っている、と驚き目を見開いた俺に、

「マル暴にはちょっとしたツテがあってね」

泰隆はにやりと笑うと、ギアを入れ替え車のスピードを上げた。

「通じているということか？」

「ギブテだ。彼らから情報提供を求められた。山科組のスパイをやっている警官に心当たりがないかとね」

「それで俺の名を？」

まさか、と思いつつ尋ねると、

「馬鹿な」

今度は泰隆が驚きに目を見開き、首を横に振ってみせた。

「そのときはまだ、お前が刑事になっているなどと知らなかったよ」

「そうか」

どこかほっとしている自分の心理に首を傾げながらも頷いた俺の耳に、泰隆の声が響いていた。

「山科組が警察関係者とつるんでいる、という噂はヤクザの世界でも流れていたが、それが誰かということまでは誰も突き止めていなかったんじゃないかと思う。それがここにきて一気にお前の名が出た。どうしたことかと情報網を張っていたところ、お前が査問委員会にかけられるという噂が聞こえてきたんだ」

「……しかし何故俺なんだ？」

わかるわけがないと思いつつも、俺はずっと胸に抱いていた疑問を泰隆にぶつけていた。

「俺も不思議に思っていた。ヤクザとつるんでいる刑事は結構いるが、お前の名など出たことがないからな」

「唐突すぎるんだ。心当たりの一つもない。だいたい山科組なんて、名前くらいしか知らない組織だ」

わけがわからない、と首を横に振った俺に、

「山科組はな」

泰隆が苦虫を嚙み潰したような顔になった。

「最近名が売れてきた組だが、やることなすことヤクザの道義を外している。金儲けのためには中国マフィアと組むことも辞さないという組だ。新宿じゃあ山科組関連の揉め事も多いな」

「へえ」

そうなのか、と相槌を打った俺に、

「そういうわけで、景気はいい。どこぞの警察官が金で懐柔されるのもまあ、わからない話ではない」

泰隆はハンドルを握りながら、そう肩を竦めてみせた。

「しかしそれがお前とされている理由がわからない。査問委員会にかけられるということは、証拠の一つも挙がったということなんだろうが、心当たりはないんだろう?」

「まったくない。関係してるだろうと挙げられた中に誰一人として知っている名はなかった」

「誰の名前が出た?」

泰隆の問いがあまりに自然に発せられたものだから、俺は思わず査問委員会で出た山科組員の名を答えてしまった。

「安田という若頭と山科組長だ」

「安田か……」

呟いた泰隆の声は、今までの彼とはまるで違う、冷たい響きを有していた。だが、自分の口の軽さを、しまった、と俺が思った気配を察したらしく、泰隆はすぐ笑顔になると、

「まあ、何かわかったら報告するよ」

そう言い、あとは無言でハンドルを握り続けた。

それから十分ほどして、車は俺のアパートに到着した。

「ありがとう」

送ってもらった礼を言い、車を降りようとした俺の腕を、泰隆が掴んだ。

「なに?」

「いや、まだ謝罪をしていなかったと気づいてな」

「謝罪?」

何に、と問い返したと同時に、俺は彼の言いたいことを察した。

「昨夜は無茶をして悪かった」

「謝らないんじゃなかったのか」

揚げ足を取るつもりはなかった。昨夜の行為が一瞬にして頭に蘇り、込み上げてきた羞恥から逃れようとしただけだったのだが、俺の答えは思いのほか、泰隆のツボに嵌まったようだった。

「よく覚えているな」

あはは、と声を上げて笑ったあと、「当たり前だろう」と彼の手を振り払った俺の腕を再びぐっと握ってきた。

「放せよ」

「理由はどうあれ、乱暴なことをして悪かったと言いたかったのさ」

「理由ってなんだよ」

放せ、と彼の手を振り解こうとしたのに、逆にその腕を強く引かれ、泰隆へと倒れ込んだと思ったときには唇を塞がれていた。

「……ん……っ」

よせ、と胸を押しやると、意外なほどあっさり泰隆は唇を離し、俺に笑いかけてきた。

「お前に疑われて、俺も傷ついたのさ」

「勝手なことを言うよな」

何が傷ついただ、と俺は泰隆を睨むと、彼の手を振り払い車の外に出た。

「だから謝ったじゃないか」

「なんでも謝りゃすむと思うなよ」

運転席の窓を開け、声をかけてくる泰隆に俺も言葉を返す。

「肝に銘じておくよ。それじゃあな」

泰隆は右手を目のあたりまで上げると、タイヤを鳴らして車を発進させた。

く。

「ふざけるな！」

俺の怒声が聞こえたのか、クラクションを二度鳴らした車がみるみるうちに小さくなってゆ
「まったく……」

口汚く罵《ののし》りはしたが、実のところ俺は誠意のない謝罪に憤っているというよりは、突然唇を塞がれた、そのことに酷く胸を高鳴らせている自分自身に苛立っていたのかもしれない。ぶつぶつ言いながらも泰隆の車が見えなくなるまでその場で見送ってしまっていたことに気づき、なんとなくいたたまれないような思いに陥りつつも踵を返した俺は、いきなり目の前に立ち塞がった男の姿に驚きの声を上げた。

「おい？」

「……だから神宮寺泰隆には近づくなと言っただろう」

怒りも露わな眼差しを向けてきたのはなんと、数時間前別れたばかりの島田だった。

「どうしてここに？」

まあ、入れ、と部屋に招いたあと、まだ昼間だというのに俺を訪ねてきた島田にその目的を

尋ねた。

「お前が心配になったからに決まっているじゃないか」

「それはありがたいが、仕事はいいのか？」

「上手いこと言って抜けてきた。それよりもお前こそ、神宮寺と一体何をしていた？」

島田がじろりと俺を睨む。

「偶然会って話をしただけだ」

「偶然？　わかるものか」

俺の答えを聞き、島田は吐き捨てるようにそう言うと、「いいか？」と俺の顔を覗き込んできた。

「奴はヤクザだ。お前を人殺しのアリバイに使おうとした男なんだぞ？　いい加減目を覚ませよ」

「確かに泰隆はヤクザだが、山内殺害に関してはシロだと思う」

アリバイに利用したのかという俺の問いに激昂してみせた、あれは演技とは到底思えなかった。だがその根拠を説明することはできないと思いながらもそう答えた俺に、

「刑事がヤクザに懐柔されてどうするんだ！」

島田の怒りはますます煽られたようで、彼の怒声は高まり、摑みかからんばかりに俺へと迫ってきた。

「別に懐柔されたわけじゃない」

「どうしてそんなに奴を庇《かば》う？」

「庇ってなどいない。事実だと思うことを言ってるだけだ」

島田につられて俺の声も次第に高くなってゆく。

「何が事実だ！　だいたい神宮寺はお前のなんなんだよ」

「何って……」

うっと言葉に詰まったのは、答えづらかったせいではなく、自分でもその答えがわからなかったためだった。だが島田はそうはとらなかったようで、更に怒声を張り上げ俺を罵倒し始めた。

「寝たんだろう、あのヤクザと。だからお前はあいつを庇うんじゃないのか？」

「俺のプライバシーは尊重するんじゃなかったのかよ」

実際に泰隆と寝ていなければ、こうも動揺することはなかったと思う。後ろ暗さが俺に大声を上げさせ、糾弾する島田を糾弾し返していた。

「プライバシーと言うってことは、奴との関係を認めたということだな？」

「どうでもいいだろう、そんなこと！」

「よくない！」

島田がぎらぎら光る目で俺を睨んでくるのに、負けじと俺も彼を睨み返す。

「情けないよ、俺は。今が自分にとってどういう時期だか、わからないほど馬鹿だったとはな」

「馬鹿で結構！」

売り言葉に買い言葉、言葉尻を捉えて言い返した俺の一言で島田は完全に切れた。

「勝手にしろ！」

俺はもう知らん、と言い捨て、物凄い勢いで部屋を出てゆく。

「勝手にするさ！」

怒鳴る俺の声と、扉の閉まる音が同時に響き、続いてカンカンと外付けの階段を駆け下りる島田の足音が聞こえてきた。

「………」

思えば彼は、俺を心配して訪ねてきてくれたというのに、気遣いを無駄にしてしまったという反省が俺の内に湧き起こる。だが今更島田を追いかけ、謝るのもなんだか癪《しゃく》だと思いつつ、俺は窓を開け彼の姿を探した。

島田はもう建物から数メートル離れたところを歩いていた。よほど頭にきているのか、物凄い勢いで歩きながら、上着を持っていたシャツの腕を捲り上げる。

「ん？」

かなりの距離はあったが、彼の腕に白い包帯が巻かれているのがはっきりと見えた。昼前に車の中から見えた気がしたのは錯覚ではなかったのか、と思う俺の頭に、もやもやとした考えが浮かんでくる。

まさか——いや、しかし。

考えすぎだ、と囁く自身の声が響く中、可能性はある、という別の自分の声がする。

確かめるか、と俺は窓を閉めると、机の中を探って得たあるものをポケットに忍ばせ、一人アパートをあとにしたのだった。

8

俺が向かったのは、前々日に聞き込みを行った立川の競輪場だった。

「あれ、刑事さん、どうしたの」

俺の顔を覚えていた売店の若者をはじめ、山内を知っていると答えた従業員たちに順番にある写真を見せ、見覚えはないかと尋ねて回りながらも、俺は自分がいかに馬鹿なことをしているかと自覚していた。

俺が見せて歩いているのは、島田の写真だった。彼とは一度プライベートで旅行をしたことがあり、そのとき撮った私服の写真を探し出したのだ。

島田と山内の間に繋がりがあるのではないか——そんなことを思いついたのは単に、島田が腕に包帯を巻いていたから、それだけの理由だった。山内殺害の現場で監察医に聞いた、被害者の爪の間には加害者のものと思われる皮膚組織が残っていたという話を思い出し、それと島田の怪我を結びつけて考えた。我ながら突拍子もない考えだとは思ったが、一度頭に浮かんでしまった疑惑は、自ら確かめない限り「馬鹿馬鹿しい」の一言では片付けられなかったのだ。

確かめる方法として俺は、競輪場での聞き込みを選んだ。島田と山内が一緒にいたところを

『見た』という証言が出なければ、俺の抱いた疑いは杞憂に終わる。よく考えれば——いや、考えなくとも、確認方法としては少しも説得力がないが、要は俺が納得できればすむ、それだけのことだった。

だが、事態は俺の望まぬ方向へと転がり始めた。

「この人、いつもはスーツ姿じゃない？」

山内のことを一番詳しく覚えていたのが、若い売店の店員だった。なんでも釣り銭のことで山内にいちゃもんをつけられたそうで、嫌な思いをさせられただけに記憶が鮮明だったというのである。

その彼が島田の写真を指差し告げた言葉に、俺の胸が嫌な感じにどきりと脈打った。

「スーツ？　どういう？」

「なんていうか、いかにも高そうなスーツ。こういう場所でスーツは珍しい上に、あれだけ高級そうなスーツは更に珍しいからさ、よく覚えてるよ」

「そうか」

確かに島田のスーツは高級品だ。私服の彼を見てスーツ姿を思い出したところを見ると、売店の店員が島田を誰かと取り違えているということはなさそうだった。

だが、ここで姿を見られたからといって、山内と関係があったとはいいきれない。もしかしたら俺が知らないだけで、島田には競輪の趣味があったのかもしれないし、と内心の焦りを隠しつつ、俺は質問を続けた。

「その高級スーツの男だけれど、よく見たのか?」

「いや、見たのは一回だけだよ。ほら、刑事さんが一昨日見せてくれたあの写真の男、山内だっけ? 殺されたっていう、あの男といつだったか一緒にいたんだ。変な取り合わせだと思ってさ。そうじゃなかったら俺も、たった一回見ただけの男をそこまで覚えちゃいないよ」

「そうか……」

売店の若い店員の言葉を聞く俺の顔からは、さあっと音を立てて血の気が引いていった。

「それにしても警察って凄いよね。あっという間に容疑者を見つけるなんてさ」

にこにこと愛想よく笑いながら、店員が話しかけてくる。

「容疑者?」

「あれ、違うの?」

先走っちゃったかな、と照れたように笑った彼に、なんとか笑って礼を言ったあと、俺は他にも島田を見た者がいないかと、聞き込みを続け、二名ほど似た男を見たという証言を得てまた愕然とした。

売店の店員も、証言を寄せてきた男も、嘘をつかなければならない理由は一つとしてない。

ということは――まさか、という思いのまま、今度は立川駅南口へと向かうと、殺害現場の近辺で島田の写真を見せて回った。

まだ時間が早いこともあり、店もあまり開いていなかったせいで、島田の目撃証言は出なかったのだが、念のため、と山内が随分と長いこと居座ったというバーで聞き込みをかけたところ、思いもかけない証言を得た。

「あ、秋吉さん」

木村というバーテンは俺のことをよく覚えていた。

「電話しようと思ってたんですよ」

「どうしたんです？」

やはり恥じらっているようにしか見えない笑顔を浮かべた彼が、俺にスツールに座るようにと勧める。

「この間の殺人事件の被害者が電話で話していたって言ったの、覚えてます？」

「勿論。覚えていますが」

「彼が電話の相手に呼びかけていた名前、それを思い出したんです」

「なんですって？」

俺の胸がまた嫌な感じでどきりと脈打つ。

「なんて名前でした？」

違う名であってくれ——心の中で念じた俺の願いは、だが、空しく潰《つい》えた。

「確かシマダでした。『シマダさん』と二回くらい呼びかけていましたよ」

「………」

やはり『島田』だったか——茫然としながらも俺は木村に島田の写真を見せたのだが、写真の男には見覚えがない、と木村は首を横に振った。

少し飲んでいってほしいという彼の誘いを丁重に断り、店を出た俺の足取りは重かった。信じられないという思いが強く、なかなか考えがまとまらない。

島田と山内の間には繋がりがあった。そして山内が死の直前に話していた電話の相手の名は『シマダ』といった。

それらの事柄から導き出される結論に、俺は意識的に目を逸らし続けていたが、それにももう、限界がきていた。

島田は山内殺害に関係がある。関係があるどころか、最有力の容疑者といってもいい。

だが動機がまるでわからないのだ。島田が山内を殺さなければならない理由とはなんだろう、といくら考えようとも、可能性の一つも浮かばなかった。

これは直接、本人に確かめるしかないだろう——そう思うと矢も盾もたまらなくなり、俺は島田の携帯に電話を入れたが、留守電に繋がってしまった。

「話がある。連絡が欲しい」

それだけ言って電話を切ったあと、数件聞き込みをして回ったが、繁華街では島田の姿を見かけたという証言は得られなかった。

二十時を回った頃、携帯が着信に震えた。ディスプレイを見ると島田の名がある。

「もしもし」

『俺だ。何か用か？』

電話の向こうの彼は、気のせいか酷く緊張しているようだった。

「至急話がしたい。出てこられるか？」

『ああ、いいけど、話ってなんだ？』

島田の声がますます緊張したように俺の耳に響いてくる。

「会って話したい。今、どこだ？」

『捜査で吉祥寺まで来ている。もう解散になったから、これからお前の家に行くよ』

「……そうか」

彼に聞こうとしている話の内容を考えると、確かに人目がないところがいいだろう。

「待ってる」

『それじゃあ』

俺が用件を話す気がないことを察したのか、はたまたその『用件』を察していたためか、島田は深く追及せずに電話を切った。ツーツーという電話の発信音を聞きながら俺は暫くその場に立ち尽くしていたが、やがて電話を切ると自分の家へと戻るべく歩き始めた。

どうやって話を切り出すか——ぼんやりとそんなことを考えながら歩く立川の繁華街は、そろそろ混雑し始めている。

この喧騒の中、島田は本当に山内を殺したのだろうか。信じられない、と首を横に振った俺はふと、島田が俺の部屋を訪ねてくるのはこれで三回目になるな、ということに気づいた。

島田の来訪はもしや、捜査状況を俺から聞き出すことにあったのかもしれない——自身の考えを、馬鹿な、といくら否定しようとしても、一度芽生えた疑いはなかなか俺の中から消え失せてはくれなかった。

すべては島田の話を聞いて判断しよう。納得できる説明を彼がしてくれることを祈ろう——自身にそう言い聞かせている時点で俺は、島田への疑いが動かしようのないものだと察していたのかもしれなかった。


俺が帰り着いたほぼ十分後、島田が俺の部屋の戸を叩いた。

「どうぞ」

「お邪魔します」

どこか憮然とした顔の島田が、それでも挨拶だけは丁寧にして寄越し、俺の部屋に足を踏み入れる。

「話ってなんだ」

どうぞ、とダイニングの椅子を勧めたが、座るより前に島田は俺をねめつけ、そう問いかけてきた。

「今日、競輪場に聞き込みに行ったんだ」

どう切り出そうとあれだけ迷っていたにもかかわらず、実際島田を前にしたとき、刑事の習性だろうか、俺の口からはすらすらと彼への問いかけが発せられていた。

「聞き込みってお前、謹慎中なんだろう？」

島田が眉を顰め、俺に問い返してくる。

「ああ。そうだ」

「まずいだろう。西多摩署に知られたら、命令違反をしたと、それだけで罷免されるかもしれないぞ？」

俺を案じているとしか思えない熱い口調で、島田が俺を諭してくる。

これもすべて彼の演技だとは思いたくない、そんなことを考えながら、俺は彼への問いを続けた。

「競輪場の売店の店員にお前の写真を見せた。前に一緒に北海道を旅行したろう？　あのときの私服の写真だ」

「え？」

俺の言葉を聞いた島田の頬が、ぴくりと動いたのを、俺の目ははっきりと捉えていた。

「売店の店員はお前を見たことがあると証言した。しかも殺された山内と一緒にいたと」

「何を馬鹿なことを言ってるんだ」

本気か、と島田が大声を出す。

「馬鹿なことじゃないんだよ」

「売店の店員が一日に何人の客を見ると思う? 大方似た男でも見たんだろう。そうじゃなきゃ、お前に写真を見せられて、見た気になっただけかもしれない。どちらにせよ、信用には値しないよ」

あはは、と声を上げて笑う島田のその声が、やたらとヒステリックに室内に響いた。

「店員はお前の私服の写真を見て、『高級そうなスーツを着ていた』と証言したんだ。信憑性はあると思うが」

因《ちな》みにこれだ、と俺は店員に見せた写真を島田へと差し出した。

「お前は一体、何が言いたいんだ?」

島田が俺の手から写真を奪うと、そのまま見もせずに近くのテーブルへとそれを放る。

「……山内が殺される直前まで飲んでいたバーの店主からの証言もある。山内に電話をかけて寄越した男の名は、『シマダ』だったそうだ」

「……だからお前は一体、何が言いたいんだ?」

押し殺した声で島田が繰り返し、俺をじっと睨みつける。

「お前にはわかってるはずだよ、島田」

手負いの獣のようなその目を見た瞬間、俺は島田の犯行を確信した。

「何がわかってるというんだ。馬鹿馬鹿しい。そんな用件なら俺は帰るぞ」

そう言いながらも、島田が部屋を出る気配はない。ぎらぎらと変に光る目で俺を睨みつけながら、逆に一歩を俺へと踏み出してきた。

「島田、俺がわからないのは動機だ」

彼の身体から立ち昇る、殺気としかいえない空気に、マズいことになるかもしれないという予感が胸に芽生える。

島田がまた一歩踏み出してきたのに、同じだけ下がった俺の目の前で、島田はスーツの合わせに手を差し入れ、そこから拳銃を取り出した。

「島田」

発砲はすまいと思ったが、身の危険を感じ、隙をついて逃げようとした俺の後頭部にゴンッと重い痛みが走る。

「……島田……」

急速に遠のいていく意識の下、振り返った俺の目に拳銃の台座を握り締めている島田の姿が映っていた。

信じられない——実際危害を加えられたというのにそんな甘い言葉が渦巻いている頭の中が次第に真っ暗になり、そのまま俺は昏倒してしまったようだった。

「ん……」

ズキズキと痛む頭をさすろうとしたとき、両手の自由を奪われていることに気づいた。薄く目を開きあたりを見回したが、まるで見覚えのない場所である。

「目が覚めたか」

頭の上から声が降ってきたのに、そのほうを見ようとしたが、身体は自由に動かなかった。後ろ手で両手を縛られ、両足も膝と足首でしっかり固定されたまま転がされていた俺は、なんとか身体を捩《よじ》ると仰向けになった。

声をかけてきたのは島田だった。上着を脱ぎ、シャツを腕捲りした彼の右腕には白い包帯が巻かれている。装着していたホルスターには先程、俺を殴った拳銃がささっていた。

「……ここは？」

「立飛《たちひ》の室内テニス練習場だ。もうすぐ取り壊しになりマンションが建つんだそうだ」

体育館かと思っていたが、テニス練習場だったのか、とまたも周囲を見回そうとした俺に、島田がゆっくりと歩み寄ってきた。

「俺をどうする気だ？」

相変わらず彼の目の中には、変な光があった。殺されるだろうな、というあまり当たってほしくない予測はどうやら当たってしまいそうである。

「殺すよ」

ほら、やっぱり当たった、と思いながら俺は、傍らに膝をつき、俺をじっと見下ろしてくる島田に問いを発してみた。

「教えてくれ。山内を何故殺そうと思った？　動機は一体なんだったんだ」

「……そのくらいのことを知る権利はあるよな」

島田がそう言いながら、額に落ちてしまっていた俺の髪をかき上げる。

「………」

冷たい指先を感じた途端、悪寒が背筋を走り、びく、と身体が震えてしまった。

「寒いのか？」

島田が問いかけながら、また俺の髪をかき上げる。

「いや」

ぷつ、ぷつ、と服の下、鳥肌が立っていくのを感じながら俺は、島田がまるで楽しいことでも話すような口調で語り始めた彼の犯行のあらましを、身を竦ませて聞いていた。

「山内は昔、俺が逮捕した男だ。金に困っている彼を鉄砲玉に仕立てたのに奴は失敗した。落とし前をつけなければならなかったんだ」

「……誰に対する落とし前だよ」

島田の指先が俺の額から頬に滑る。またも嫌悪感からびく、と身体を震わせた俺に島田は、

「なんだ、わからないのか」

馬鹿にしていることを隠そうともしない口調でそう言い、俺の頬を撫でた。

「山科組だよ。奴らと癒着していたのは俺だったのさ」

「なんだって？」

信じられない、と大声を上げた俺の前で、島田が高く笑う。

「本当にお前は人がいい。馬鹿がつくほどのお人よしだな」

哄笑《こうしょう》しながら島田は俺の頬を軽く抓ると、その手を唇へと下ろしてきた。

「おい」

「山科組との癒着が本庁にバレそうになったのに、どうしてもスケープゴートが必要だった。俺のしてきたすべてのことを、お前がしたように工作するのは簡単だったよ。俺たちはペアを組んでたからな。行動がほぼ一緒だった」

「おい、指をどけろ」

島田の人差し指が俺の唇を、二度、三度と撫でてゆく。気色の悪さに耐えられずそう声を上

げたが、彼の指が退く気配はなかった。

「上層部は俺が捏造《ねつぞう》した証拠をあっけなく信じたが、山科組対策のほうが大変だった。俺のミスで警察との癒着が知れたのだ、落とし前をつけろとうるさくてね。その落とし前というのが、彼らが目の上の瘤《こぶ》だと思っている青龍会の若頭殺害だった。自分たちが表立って動くと組同士の抗争になる。実力をつけてきたとはいえ、大がかりな抗争を乗り切るのは困難だということで、鉄砲玉は俺が自前で調達しろと言われたんだ」

「……それで昔馴染みの山内に白羽の矢を立てたと？」

喋ろうと口を開くと、島田の指先が中に入ってきた。ぎょっとして顔を上げた俺に、

「ご明察」

島田は微笑むと、俺の唾液に濡れた指先を、顎から首筋へと下ろしてきた。

「おい、よせと言っているだろう」

彼の手が俺のネクタイを緩め、シャツのボタンを外し始める。何をする気だ、とぎょっとしつつも声を荒らげたが、島田は俺の顔を見ようともせず、淡々とボタンを外しながら言葉を続けた。

「だが山内は失敗した。それだけじゃなく、もう辞めたいなどと甘えたことを言いだした。下手をしたら警察に駆け込まれるかもしれないと危機感を抱いてね、それで殺すことにした。奴の口から俺の名が出ないという保証はないからな」

「まさか お前がヤクザと通じていたとはな。きっかけはなんだ。金か？　潤沢に金を持っていると思っていたが」

島田の手がシャツのボタンを外しきり、今度はスラックスのベルトへとかかる。何か喋っていないと嫌悪感から叫び出しそうになっていた俺は、島田の注意を引こうと話題をもとへと戻した。

「最終的には金だが、きっかけはお粗末なものさ。買った男娼にヤクザのヒモがついていた。性癖をばらされたくなければと脅されて始めたが、実際巨額の副収入を得られるようになってからは、積極的に手を貸すようになったのさ」

「男娼ってお前……」

喋りながらも島田の手は止まらない。ベルトを外すとなんの躊躇いもなくスラックスのファスナーを下ろし、手を突っ込んで俺の雄を外へと引っ張り出した。

「おい」

「俺がずっとお前を好きだったと言ったら、信じるか？」

言いながら島田が、ゆっくりと俺を扱き上げてくる。

「よせ、島田」

悪寒から総毛立った上に吐き気すら込み上げてきてしまい、たまらず悲鳴を上げた俺の声は島田には届いていないようだった。

「お前を犯す夢を何度も見たよ。抱くんじゃない、犯すんだ。無意識のうちにお前が俺を受け入れないに違いないとわかっていたからだろうな」

「やめろよ、島田。やめてくれ」

島田のもう片方の手がTシャツを捲り上げ、胸の突起を弄り始める。

「まさかお前が、俺の標的《ターゲット》だった神宮寺と肉体関係を持つとは思わなかった。やられたよ。まったくね」

ははは、と笑いながら島田が俺の雄を扱き上げるスピードを上げる。

「頼むからやめてくれ」

次第に彼の手の中で、自身の雄が硬さを増してくる。こんな状況で欲情を覚える自分にまた吐き気が込み上げてきて、思わず懇願するような口調になった俺の顔を島田が覗き込んできた。

「いいじゃないか。このくらいさせてくれたってさ。最後にはあの神宮寺と二人、葬ってやるから安心しろよ」

「……葬るってお前……っ」

俺だけでなく、泰隆まで殺す気なのか、と非難の目を向けようとしたとき、島田の手が俺の胸の突起を痛いくらいに抓り上げた。

「くっ……」

じん、と痺《しび》れたような感覚が全身を走り、扱き上げられていた雄が一段と硬さを増す。

「神宮寺を呼び出した。お前の身の安全を守りたければ一人でここに来いとな。勿論武器の帯同は許さない。殺されに来いというのと同義だったんだが、どうやら奴は来たらしいな」

「……え……？」

ふふ、と笑った島田の手がようやく止まり、ゆっくりとした仕草で立ち上がる。

「来るに決まっているだろう」

聞き覚えがありすぎるほどにある声が、建物内に響く。

「ようこそ」

島田が声をかけた先、建物の入り口に佇んでいたのは噂の主、泰隆だった。

「何が身の安全は保障する、だ。犯されかけてるじゃないか」

怒りを含んだ声でそう言いながら、カツカツと靴音を響かせ、泰隆が建物の中へと入ってくる。

「人聞きが悪い。これ以上のことをする気はなかったさ」

島田が肩を竦めたのに、泰隆が馬鹿にしたように鼻を鳴らした。

「体内に精液でも残せば面倒なことになるとでも思ったんだろう。卑劣な奴だな」

「誹謗を言わせるために呼び出したんじゃないよ。丸腰で来たんだろうな」

どうやら泰隆の指摘は図星だったらしく、心持ちむっとした顔になりながら島田がホルスターから取り出した銃を彼へと向けた。

「俺は卑劣じゃないからな。約束は守った」

「確かめさせてもらう」

島田が泰隆へと歩み寄り、身体検査をしたあと、にやりと笑ってまた銃を構え直した。

「確かに卑劣じゃなかったようだが、頭は悪いな」

「わざわざ殺されるために来るとは、とでも言いたいのかな?」

銃口を真っ直ぐに向けられているというのに、泰隆は少しも臆した素振りを見せていない。ヤクザの若頭であるだけに、数々の修羅場をかいくぐってきたのかもしれないが、それにしても凄い度胸だ、と俺は心の底から感心しつつ凛々《りり》しい彼の顔を見つめていた。

「そのとおり。馬鹿じゃないことのアピールか」

あはは、と笑いながら島田がかちゃりと音を立て、安全装置を外す。

「俺を撃ち、秋吉を撃つ。これにどう説明をつけるのかな?」

「秋吉が山科組のスパイだと気づいたお前が彼を捕らえ、殺したところに俺が踏み込んでお前を撃つ。そういうストーリーだ」

「なるほど、俺を殺したあと、違う拳銃を握らせて秋吉を撃つということか」

考えたな、と泰隆が笑ったが、死がすぐそこまで迫っているという極限状態にいる男とは思えぬ度胸のよさが次第に島田の気に障り始めたようだ。

「そのとおりだよ。さあ、もう納得しただろう?」

島田の指先が引き金にかかる。撃たれる、と目を閉じた俺の耳に、

「撃つのはいいが、間もなくここに警察が来る」

静かな、だが充分響く泰隆の声がした。

「警察？」

島田が問い返したとき、確かに遠くパトカーのサイレンの音が響いてきた。

「貴様、まさか通報したのか」

島田の顔色がさっと変わった。が、やがて彼の顔いっぱいに笑みが広がっていった。

「ちょうどいいじゃないか。さっさとすませてしまおう。ヤクザの言うことと本庁のキャリアの俺が言うこと、人がどちらを信じるかは火を見るより明らかだからな」

またも彼の指が引き金にかかったのに、

「あのパトカーはお前を逮捕しに来るんだよ」

泰隆は苦笑としかいいようのない笑みを浮かべ、肩を竦めてみせた。

「何を馬鹿な。命乞いならもっと信憑性のある嘘をつけ」

島田の高笑いを、どこまでも冷静な泰隆の声が遮る。

「本当だ。お前が山科組と癒着していたことは既に、本庁に連絡がいっている」

「なに？」

嘘をついているとは思えない泰隆の口調に、島田の哄笑が止まった。

「本庁の、間もなく警視正になろうというお前に、人殺しをさせようとした山科組の組長は、若頭と一緒に一足先に逮捕された。罪状は今のところ覚醒剤取締法違反だが、叩けばいくらでも埃が出そうだからな。事実上組は解散せざるを得ないだろう」

「嘘だ。出鱈目《でたらめ》を言うな」

「嘘だと思うのなら確かめてみるがいい。ああ、でも山科が今、電話の応対に出られるかはわからないがな」

「…………」

晴れやかに微笑む泰隆を前に、島田は少しの間考える素振りをしたあと、やにわに携帯を取り出しどこかへかけ始めた。そうこうしている間にパトカーのサイレン音はますます大きくなってゆく。

「出ない……」

そんな、と茫然となった島田に、泰隆は「ほらな」と笑い、一歩を踏み出した。

「逮捕されれば山科はお前との関係を喋りまくるだろう。ここで俺たちを殺して罪状を自ら重くしたいというのなら止めないが、俺なら潔く自首するだろうな」

「……騙されないぞ。だいたいどうしてお前に、山科を逮捕させることができるんだ？」

今や形勢は完全に逆転していた。島田の顔にはひと欠片の余裕もなく、銃を手に提げたままがたがたと身体を震わせている。

「縁故を使った」

「縁故？」

誰だ、と問いかける島田に、泰隆がにっと笑って告げた名は、俺には馴染みのないものだったが、島田はよく知る人物のようだった。

「高柳裕泰《ひろやす》」

「なんだって？」

相当驚いたのか、島田がカッと大きく眼を見開いたそのとき、建物の外に数台のパトカーが停まった気配が伝わってきた。

「……そんな、どうして高柳氏が……」

がっくりと島田が膝を折ったのとほぼ同時に荒々しく扉が開き、十名を超える警官たちが中へと駆け込んでくる。

「そんな……」

座り込んでいた島田を警官が取り囲み、手から拳銃を奪い取ったあと、無理やり立たせると建物の外へと連れ出していった。何故か彼らは泰隆にも俺にも目を向けることなく、島田と共に全員が建物の外へと出ていったあとには、わけのわからない静寂が訪れた。

「大丈夫か」

どうなっているのだと、茫然としていた俺の傍に泰隆が跪《ひざまず》き、身体を起こしてくれたあと、縄を解き始めた。

「どういうことなんだ？　『高柳』ってもしかして……」

手の自由を取り戻した俺は服装を整えながら、足を縛る縄を解いてくれている泰隆に事情の説明を求めた。

「ああ、俺の父親だ。今や警察庁のお偉方だよ。お前も警察官ならそのくらいの知識は頭に入れておいたほうがいいな」

「……そうだったのか」

島田が驚くわけだ、と納得すると同時に、そんな切り札を持っていたとは、と俺はほとほと感心し、「解けたぞ」と笑いかけてきた泰隆をまじまじと見やってしまった。

「なんだよ」

「いや、単に驚いている」

立てるか、と手を貸してくれた彼に縋《すが》るようにして立ち上がり、背を支えられながら歩き始める。俺のコメントが可笑しかったのか、泰隆は、ぷっと吹き出したあと、俺の背をぐっと抱き寄せてきた。

「俺も実は驚いている。親父が動くかどうか、五分五分と見ていたからな」

「え？」

どういうことだ、と問いかけようとしたとき、ちょうど建物の外へと出た俺は、泰隆に伴われ、見覚えのある彼の車の助手席に乗り込んだ。

「連絡をとったのは十八年ぶりだった。知らん顔をされるだろうと思ったが、ヤクザの息子がいることを公にしてもいいのかという脅しが利いたのかな。なんでも言われたとおりに動くと言われたときにはほっとしたよ」

運転席に乗り込み、泰隆が俺に笑いかけてくる。

「ずっと没交渉だったのか」

「ああ。迷惑をかけるのもかけられるのも御免だったからな」

車を走らせながら泰隆はそう言うと、じろり、と今度は俺を睨んだ。

「なに？」

「お前は危機管理能力が低すぎる」

「……まあ、否定はしないな」

殺されそうになったところを救われているだけに、言い返すこともできないと項垂れた俺の耳に、泰隆の厳しい指摘が突き刺さる。

「だいたい、身に覚えのない濡れ衣を着せられた時点で、もっと周囲を疑うべきだろう。お前の話を聞いただけで俺は、あの島田が怪しいと見抜いたぞ」

「面目ないとしか言えないな」

確かにありもしない証拠を捏造し、俺を陥れることができたのは誰か、と考えたとき、最も近くにいた島田を疑うべきだった。

島田の服や持ち物が、あるときから急に高価になったことにも気づいていたのに、俺は彼を疑おうともしなかったし、親切ごかしに言われた『お前を信じているから』という言葉にも、素直に胸を熱くしてしまっていた。

人を見る目がなさすぎた、と溜め息をついた俺の髪を、運転席から手を伸ばしてきた泰隆がくしゃりとかき回す。

「そこがお前のいいところだという見方もある。刑事を続けるのなら改善すべきだけれどね」

「……慰めてくれているのか?」

優しい指先の感触に、どきり、と胸が高鳴るのと同時に、島田に触れられたときには嫌悪感しか覚えなかったのに、この差はなんなのだという動揺が俺を襲う。

「事実を述べてるだけだ」

ははは、と笑った彼の手が俺の頭から退いてゆく。ハンドルを切るためだったのだけれど、なんともいえない喪失感を覚えることにも、俺はまた動揺してしまっていた。

それから十五分ほどして車は俺のアパートに到着した。俺が助手席から降りたと同時に、当然のように泰隆も運転席から降り、俺が何を言うより前から俺のあとに続いて外付けの階段を上り始めた。

「……………」

玄関の前で俺は、彼を招き入れるかどうかを一瞬迷った。勿論、部屋に上げることに異存はないのだが、かつて室内で彼になされたことが頭に浮かび、つい躊躇してしまったのだ。

「入れてくれないのか」

泰隆が後ろから覆いかぶさるようにして俺の顔を覗き込んでくる。頬と頬が触れるほどの近い距離に、俺の胸の鼓動はどくん、と大きく脈打ち、かあっと頭に血が上ってきた。

「秋吉?」

微かに身体が震え始めたのに気づいたのか、泰隆が訝しげな声を上げる。

「なんでもない。上がってくれ」

まったくどうかしている、と思いながら俺はそう言い捨てると、手早く鍵を開け、部屋のドアを開いて彼を中へと招き入れた。

「相変わらず何もない。あるのはビールくらいだ」

飲むか、とあとから部屋に入ってきた泰隆を振り返ろうとしたとき、彼の手が伸びてきて俺の身体を後ろから抱き締めた。

「泰隆」

「お前が無事でよかった」

泰隆の掌が俺の頬を包み、少し強い力で後ろを向かされる。

「ん……」

落ちてきた唇をおとなしく受け止めている自分を信じられないとは思ったが、顔を背けようという気にはなれなかった。

泰隆の舌が俺の歯列を割り、口内へと入ってくる。探り当てた俺の舌をきつく吸い上げられたのに、びく、と俺の身体は震え、全身に熱が籠もり始めた。

「あ……っ」

俺の唇を貪るように塞ぎ続けながら、泰隆がゆっくりと服の上から俺の胸を撫で回し始める。既に勃っていた胸の突起をきゅっと摘まれたとき、電流のような刺激が走り、合わせた唇から我ながら甘いとしかいえない声が漏れてしまった。

「……ベッドにいかないか」

微かに唇を離し、泰隆が俺に囁いてくる。彼の息が俺の唇にかかった瞬間、またも俺の身体はびくりと震え、ぞわりとした感触が下肢を這い上ってきた。

「いいだろう?」

泰隆の手が俺の胸を弄り、またきゅっと胸の突起を摘まみ上げる。

「やっ……」

またも声を漏らしてしまった俺の顔を覗き込み、泰隆がにっと笑いかけてくる。

「痛いのは嫌だ」

拒絶していないことは身体の反応が物語っている。それが恥ずかしくもあり、俺はつかなくてもいい悪態をついてしまったのだが、俺の言葉は思いのほか泰隆を落ち込ませたようだ。

「悪かったよ。反省している」

途端にしゅんとなった彼に、逆に慌てた俺は思わず、

「いや、あれは俺も悪かったし」

そうフォローを入れてしまったのだが、その瞬間、切なげに顰められていた泰隆の眉間の皺が解けた。

「お互いさまということだな」

「お前、今のは演技か」

やられた、と口を尖らせた俺の身体を、泰隆の決して逞しいとはいえない腕が抱き上げる。

「うわ」

華奢とはいわないが、筋骨隆々にはとても見えない細身の身体の、どこにそんな力が潜んでいるのかと俺を驚かせるほどの軽やかさで泰隆は俺をベッドへと運ぶと、そっとシーツの上へと下ろしてくれた。

「演技じゃない。心から反省しているよ。二度とお前に痛い思いをさせるようなことはしないと誓ってもいい」

「そんな馬鹿げた誓いはいらない」

手早い所作で泰隆は俺から服を剥ぎ取ったあと、自身の服をもあっという間に脱ぎ捨て、全

裸になって俺に覆いかぶさってきた。

「……意外に着痩せするんだな」

彼の裸体の素晴らしさに、同性として俺は思わず見惚れてしまっていた。ごてごてとした筋肉のつき方はしていないが、細身と思った身体はしなやかな筋肉に覆われており、腹筋も綺麗に割れている。

「日頃鍛えているからな」

泰隆はそう言い、胸のあたりを撫でたあと、へえ、と感心した俺の上でぷっと吹き出した。

「なんだよ」

「いや、あまりにムードがないと思ってさ」

「ムードって……」

確かにこれから俺たちがしようとしている行為を思うと、甘い囁きの一つもあったほうがいいのではないかと思いはしたが、逆にそのほうが照れてしまうような気がする。

「……十八年間、夢にまで見たお前との念願のセックスなのにな」

わざと茶化すようなことを言う泰隆も多分、俺と同じことを考えているのだろう。

「相当しつこい性格だな」

「悪かったな」

茶化し返した俺の唇に泰隆の唇が寄せられる。

「……自分でも信じられないいんだけどな」

「ん？」

焦点が合わないところまで泰隆の綺麗な黒い瞳が近づいてくる。瞳の煌めきに誘われたのだろうか、ふと頭に浮かんだ言葉を、俺はそのまま口にしていた。

「俺も十八年前から、ずっとお前に触れたいと思っていたのかもしれない」

「『かもしれない』ってなんだよ」

泰隆が吹き出したのに、彼の息が俺の唇にかかる。

「だから俺も、時折お前の夢を見ていたのかもしれないと思ってさ」

「……互いに夢を見合っていたのか」

ロマンチックだな、と笑った泰隆の唇が俺の唇を塞いだ。

「ん……」

きつく舌を絡め合うキスを交わす俺の耳に、母校のグラウンドで聞いた泰隆の声が蘇る。

『もう少しでお前の頬に触れる、というときに必ず目が覚める、その繰り返しだった。夢か、と思い知らされるたびに、自分の馬鹿さ加減に泣けてきたよ。もう十八年も経っているというのに未練がましすぎるとね』

俺の脳裏には夢から目覚めた彼が、上体を起こした姿勢で両手に顔を埋めている幻が浮かんでいた。

十八年もの間、俺を求めてくれていたという彼——彼の想いが夜を越え、俺に届いていたのかもしれない。同じように彼の手を欲していた俺に、『夢』という形で。

「あっ……」

泰隆の唇が俺の唇を外れ、胸の突起へと辿り着く。既に勃っていた乳首を軽く噛まれたとき、俺の唇からは快楽を示す声が漏れ、二人の身体の間で、熱を孕んでいた雄がびくん、と大きく脈打った。

「………」

ちらと泰隆が俺を見上げ、目を細めて笑いかけてくる。彼の手が俺の両脚へとかかり、大きく開かせようとする。頭に一瞬昨夜の苦痛が過ったが、痛い思いはさせないという彼の言葉を信じ、求められるがままに脚を開いた。

泰隆がまたちらと俺の顔を見上げたあと、唇を胸から腹へと下ろしてくる。両脚を摑んで俺に腰を上げさせた彼の両手が双丘を割り、露わにしたそこに彼の舌が挿ってきた。

「んっ……」

昨夜の傷に唾液が沁み、痛痒さを覚えた俺の口から低い声が漏れる。

「大丈夫か」

下肢に埋めていた顔を上げ、泰隆が問いかけてきたのに、大丈夫だ、と俺は首を縦に振り行為の続行を求めた。

泰隆が更に両手で入り口を広げると、硬くした舌先でそこを舐り始める。ざらりとした舌の感触は決して不快なものではない上に、覚えた痛痒さがまた新たな刺激を生み、俺の息が乱れ始めた。

「んっ……んんっ……」

もどかしいとしかいえない感覚が下肢から這い上りつつあった。ふと気づいたとき、自分の腰が前後に揺れていたことが俺を動揺させたが、そのとき唾液をたっぷり注がれたそこに泰隆が指を挿入してきたことで、それどころではなくなってしまった。

「……っ……」

違和感からきゅっとそこが締まったのがわかった。

「痛いか？」

泰隆が心配そうな声で問いかけながら、ゆっくりと指を動かし始める。

「痛くはない……と思う……」

痛みは覚えなかったが、違和感はいつまでも去ってくれず、俺の身体は強張ったままだった。嫌悪は覚えてないのだが、という焦りがますます俺の身体を強張らせているのがわかったのか、泰隆が大丈夫だというように微笑み、もう片方の手ですっかり萎えてしまっていた俺の雄を摑む。

「……あっ……」

ゆるゆると扱き上げ始めたそれを、泰隆がゆっくりと口に含んでゆく。指で、舌で、唇で自身を愛撫されるうちに、身体の強張りは解け、全身が熱く火照り始めた。

「あっ……あぁっ……あっ……」

巧みな口淫に、息が乱れ、唇からは高い声が上がり始める。と、そのとき俺の中でじっと動かなかった彼の指が、ぐるりと内壁を抉るように蠢《うごめ》いたのに、俺の雄はびくっと震え、新たに芽生えた感覚に俺は戸惑いの声を上げていた。

「……え……っ……？」

また彼の指が俺の中でぐるりと動き、入り口近くのコリっとした何かに触れた。

「あっ……」

勃ちきった俺の雄がまた、びくん、と大きく脈打ち、ぞわぞわとした何かがそこから背筋を這い上ってくる。

「あっ……やっ……あっ……」

前を口で、手で攻められ、後ろを指でかき回されるうちに、俺の息はすっかり乱れ、上がる嬌声《きょうせい》はますます高くなっていった。

「はぁっ……あっ……あっ……あっ……」

いつしか後ろを弄る指は、二本に増えていた。入り口を広げるようにされたと思ったときには、三本目の指が挿っていたのだが、苦痛は少しも覚えなかった。彼に触れられている前も後ろも、火傷しそうなほどに熱い。いや、身体全体がまるで発熱したかのように熱く燃えていた。

「……あぁっ……」

後ろから彼の指が抜かれ、前を咥えていた彼の唇が去ってゆく。ひくひくと蠢く後ろも、だらだらと先端から零れ落ちる先走りの液も、行為を続けてほしいと物語っているのに、と思わず恨みがましく泰隆を見上げたとき、彼の両腕が俺の両脚を高く抱え上げた。

「あっ……」

ずぶり、と先端が、ひくつくそこへと挿入される。指などとは比べものにならない質感に身体が強張ったのは一瞬で、彼が腰を進めるにつれ、かさの張った部分が内壁を擦り上げる、その感触に俺の身体は更に熱く滾り、二人の腹の間で揺れる雄の先端からはまた先走りの液が滴り落ちた。

「あぁ……」

泰隆が俺の両脚を抱え直したと同時に、ぐっと腰を進めてくる。ぴたりと二人の下肢が合わさったと思った次の瞬間には、力強い突き上げが始まった。

「あっ……あぁっ……あっあっあっ」

パンパンと高い音が立つほど、激しく腰を打ちつけてくる彼の行為は俺をあっという間に快楽の絶頂へと押し上げ、やかましいくらいの高い声を俺は上げ始めてしまっていた。

「あっ……もうっ……もうっ……いくっ……」

脳が沸騰するような感覚だった。自分が何を叫んでいるのかまるでわからない。こんなにも大きな快感に囚われたことが今までなかったからだろうか。どこもかしこもただただ熱くて、その熱を放出してくれる何かを求め、俺は叫び続けた。

「あぁっ……泰隆っ……泰隆っ……」

求めているものは『何か』ではなく、泰隆その人だった。無意識のうちにも俺はしっかりそれを把握していたようで、何度も何度も彼の名を呼び、彼の動きに合わせて腰を激しく動かしていた。

「あっ……」

泰隆の手が俺の片脚を放し、びくびくと震える俺の雄を握り締める。一気に扱き上げられたときに俺は達し、驚くほどの量の精液を飛ばした。

「くっ……」

射精を受けて後ろがくっと締まったのに泰隆も達したようで、低く声を漏らしたあと、俺の上で伸び上がるような姿勢になった。

「……泰隆……」

名を呼ぶと彼はにっこりと微笑み、ゆっくりと唇を落としてくる。先に彼の綺麗な髪が俺の頬へと落ちてきたその感触に、ぴく、と俺の身体は震え、未だ中に挿っていた彼の雄をきゅ、と締め上げたのがわかった。

「……まだしたいのか」

くす、と笑った泰隆が俺に唇を寄せてくる。

「今は、キスがしたい」

「わかった」

身体の反応に戸惑いつつもそう答えた俺に、泰隆は目を細めて微笑むと、俺の希望どおりのキスを唇に、頬に、こめかみに、瞼に、数えきれないほど落としてくれ、俺に満ち足りた気分を与えてくれたのだった。

9

島田の逮捕に伴い、疑いが晴れた俺は、本庁へと呼び戻されることになった。

西多摩署の連中は、打って変わった温かい態度で送り出してくれたが、人間ができていないため誰かにしこりが残らないかと問われれば、いや、と首を傾げてしまったことだろう。

本庁勤務に戻ったある日、警察庁から呼び出しがかかった。半ば予測しながら訪ねた先で俺を待っていたのは、高柳裕泰――泰隆の父親だった。

「はじめまして」

初めて顔を合わす泰隆の父は、あまり泰隆には似ていなかった。間接的ではあったが、この警察庁のお偉方には俺も世話になったのだ、とにこやかに微笑みかけてきた彼の前で俺は深く頭を下げた。

「その節はどうもありがとうございました」

「いや、礼を言われるようなことは何もしていません」

役職に似合わず、泰隆の父親はとても腰が低かった。俺にまで丁寧語で話している。

「かえってあなたのおかげで、警視庁内に潜んでいた悪の芽を摘むことができたのですから、私のほうこそ礼を言うべきでしょう」

「いや、その悪の芽に私はまるで気づきませんでしたし」

世辞かもしれないが、そう持ち上げられては居心地が悪すぎる、と俺は慌てて首を横に振り、自分がいかに反省しているかを述べ始めた。

「ペアを組んでいた私がまず、気づくべきでした。お恥ずかしい限りです」

「気づくべきであったのは直属の上司であり捜査一課長でしょう。部下を掌握するのは上司の務めです。減給ごときでお茶を濁されては困る」

「………」

厳しい語調に志の高さが窺える。上に立つべき人物とはこうでなければ、と俺は一人感心していたのだが、「ところで」と泰隆の父に話を振られ、はっと我に返った。

「はい？」

「あれは、元気でしたか」

笑顔はそのままだったが、強張ったような口元に彼の緊張が滲み出ていた。

『あれ』——その指示代名詞が誰を指すのか、聞かずともわかった俺は、ゆっくりと首を縦に振ってみせた。

「ええ、元気にしています」

「そうですか」

強張っていた彼の顔に、安堵の笑みが広がってゆく。

息子を『あれ』と称するしかない彼を、酷いとは思えなかった。実の息子がヤクザだということが広く世に知られれば、彼は今の地位を失うことになりかねない。

自分の地位を守るために息子の存在を隠蔽《いんぺい》しようとする——それだけ聞けば、なんて非道なと憤りを覚えるが、親子の間には他人には計り知れない何かがある。

泰隆は口にこそ出さないが、父親の地位を守りたいと思っているのだろう。それはこの間のように、困ったときには助けてもらいたいから、などという計算高い理由からではなく、父親を心から想っているからだ。

その想いが伝わっているからこそ、彼は泰隆の要請を聞き入れた。泰隆が俺に言ったように、ヤクザ者の息子がいることを公表されたくなければ、という脅迫に屈したわけではなく、息子への愛ゆえに。

「お呼び立てして申し訳ありませんでした」

それを証拠に彼は、息子の安否を尋ねるためだけにこうして俺を呼び出したのだ。

「いいえ、お会いできてよかったです」

実際に会ったことで、父親の泰隆への愛情を認識できたから、と微笑んだ俺に、泰隆の父は少し驚いた顔になったあと、

「私もです」

彼も微笑み、俺に右手を差し出してきた。

握手か、と思い手を握る。温かな手だった。ぎゅっと俺の手を握った彼はもしかしたら、俺を通して息子の手を握っているつもりだったのかもしれない。

それに気づいたとき、どうしても俺はあることを問いたくなり、「それでは」と俺の手を放した彼に、「あの」と声をかけていた。

「はい？」

泰隆の父が、柔らかな笑みを俺へと向けてくる。

「高柳次長はどう思われますか。警察官とヤクザが心を通わせるのは、やはり問題でしょうか」

「…………」

俺の問いに、泰隆の父は一瞬目を見開いたあと、暫くの間、言葉を探すようにして黙り込んだ。

「……そうですね……」

ようやく口を開いた泰隆の父の顔には、相変わらず柔らかな笑みが浮かんでいた。

「建前を言えば、奨励しがたいことでしょうが、結局のところは自分次第ではないかと思います」

「自分次第、とおっしゃいますと」

「周囲の雑音に、あなたが耐えられるかどうかだと思いますよ」

そう答えた彼の目は、酷く潤んでいるように見えた。

「……そうですね。私もそう思います」

泰隆の父は『あなた』と言った。俺が一般論として問うたのを充分承知しながら彼は、俺が泰隆のことを問うているとわかってくれたのだ。

その上で『自分次第』と認めてくれたことが俺の胸を、そして目頭を熱くした。今にも涙が零れ落ちそうになっていることに気づかれまいと、深く頭を下げた俺の肩に、泰隆の父の手が載せられる。

ぽん、と俺の肩を叩く手はあまりに優しく、温かかった。周囲の圧力になど負けるなと密かに応援してくれているのではないかというのは、身勝手な解釈すぎるかと思いながらも、俺はこの面談のことをすぐにも泰隆に伝えようと心に決め、慈愛に満ちた笑みを浮かべる泰隆の父の前で再び深く頭を下げたのだった。

Pure

「ん……」

俺の腕の中で彼が——秋吉《あきよし》が微かな吐息を漏らし、胸に頬を寄せてくる。その背を寝やすいように抱き直してやりながら、汗ばんだ髪に顔を埋めると、またも彼は、

「ん……」

と、悩ましげとしかいいようのない息を漏らし、そのまま俺の裸の胸に顔を埋めてきた。

本格的に眠りの世界へと入りつつある彼の髪にまた顔を埋め、深く息を吸い込む。まだ男に抱かれることに慣れたとは言い難い彼の身体を、今夜も貪り尽くしてしまった反省が俺の胸に芽生える。

ベッドインする前までは俺にも理性が働いているのだ。今夜こそ、無理はさせないようにしようと毎度行為の前には決意するのだが、気付いたときには理性も決意も吹っ飛び、がむしゃらに彼を求めてしまう。

十八年間、想い続けてきた。二度と会うことはかなわないだろうと諦めていた彼を、こうして腕に抱く日が来るとは、夢を見ているようだ、と思わず溜め息をつきかけ、慌てて堪える。彼が俺の胸の中で、また「ん……」と息を吐いたためである。

疲れ果てて寝ているものを、起こしては可哀想だ、と、規則正しい寝息を立て始めた秋吉の顔を見下ろす。

顔に惹かれたというわけでは勿論ないが、彼は本当に端整な顔をしていた。三十を越しているとは思えない、若々しい、まるで少年のような顔だ。

高校時代から殆ど容貌は変わってないんじゃないかと思う。そんなことを本人に言えば『馬鹿にしてるのか』と怒るだろうが、と、今度は吹き出しそうになったのを堪え、彼の髪に顔を埋めた俺の脳裏に、それこそ、馬鹿にしているのかと怒りを露わにした秋吉の、高校時代の顔が蘇った。

「秋吉君のご両親、離婚しそうなんですって。ご近所から苦情が出てるそうよ。毎晩夫婦喧嘩がうるさいって」

高校二年の春、クラスの女子がそんな噂を教えてくれたのは、おそらく、俺と喋るきっかけが欲しかったなどの軽い動機からだったと思う。

クラス替えで同じクラスになったというのに、俺はそれまで秋吉とほとんど言葉を交わしたことがなかった。

第一印象で、綺麗な顔をしているなと思ったが、同時に酷く鬱屈もしているようだな、と気付いた。

そのうちに秋吉は登校しなくなり、あまり評判のよくない連中とつるんでいるという噂が俺の耳にも入ってきた。

その理由が両親の不仲にあったのか、と、納得しつつも俺は、その噂を教えてくれた女子に対しては、

「人の家庭の噂話など、しないほうがいいよ」

と諫《いさ》め、バツの悪そうな顔になったその女子がこれ以上触れ回ることのないよう、釘を刺して話を終わりにした。

そうして俺はその日の放課後、住所録で秋吉の家を調べ、予告もなく訪問したのだった。

彼の心情が誰よりわかるのは俺だと思った。というのも、俺の両親は、俺が物心ついた頃には既に不仲になっていたからだ。

警察庁のキャリアが、通っていたクラブのホステスと結婚すると決めたとき、周囲は猛反対したそうだ。それを振り切って結婚した俺の父と母であるのに、その情熱はどこへ失せたのか、今や俺の家庭は冷え冷えとしていた。

母は離婚したいと願い、父はしたくないと突っぱねる。

母はもう、何年も前から――おそらく、結婚した直後から、今の環境には疲れ果てていたよ

うだ。

父はそれをわかっていながら、母に救いの手を差し伸べなかった。それも決して故意ではなく、多忙で気が回らなかったのだと思う。

一人息子の俺は、冷えた家庭で一人道化となり、父と母の間を取り持とうとしたが、既に修復できない段階まで、夫婦仲は破綻していた。

幼い頃、普段は少しも口をきかないくせに、喧嘩となると口汚く罵り合う両親の姿を見るにつけ、ぐさぐさと鋭利なナイフが胸に突き刺さるような痛みを覚えたものだが、今、秋吉は同じような痛みを覚えているのではないだろうか。そう思ったときには彼のもとに駆けつけずにはいられないほどに気持ちが昂まってしまったのだった。

秋吉の家と俺の家は、歩いて三十分ほどの距離にあった。電柱に貼られた番地を見ながら閑静な住宅街を進んでいく。

と、目の前の家のドアが開いたと思うと、いきなり秋吉が駆け出してきたものだから、あまりの偶然に俺は驚き、その場で固まってしまった。

「え?」

気配を察した様子で振り返った秋吉が、俺を見て意外そうな顔になる。

「やあ」

居ても立ってもいられずこうして来たものの、彼になんと声をかけるか、何を話すかなど、まるで考えていなかったために俺は、間の抜けた挨拶をまずしてしまった。

「…………」

おかげで秋吉の眉間の縦皺はますます深まっていき、やがて彼は俺からふいと視線を外すと、そのまま立ち去ろうとした。

「ちょっと待ってくれ」

慌てて呼び止めはしたが、やはり言うことは何も考えていなかった。

「なんだよ」

うるさいな、と言いたげな顔をしつつも、秋吉が足を止め、俺を振り返る。

彼の見た目は、いかにもな『不良少年』ではあった。が、振り返って俺を見たその目はまるでやさぐれていなかった。

純粋——ピュア、という言葉が俺の頭に唐突に浮かぶ。ああ、綺麗な目だな、と思わず瞳の煌めきに見惚れそうになっていた俺は、秋吉の舌打ちにはっと我に返った。

「用がねえなら呼び止めんなよ」

吐き捨てるようにそう言い、再び前を向いて歩き始めた彼に、俺は慌てて駆け寄っていき、並んで歩き始めた。

「なんだよ」

「このところ学校に来ないから、どうしたのかと思って来てみたんだ。体調が悪いというわけじゃないんだね」

「うるせえな。俺が学校に行こうが休もうが、お前に関係ねえだろ」

相変わらず取り付く島もない勢いで秋吉はそう吐き捨てたあと、

「ああ」

と納得した顔になった。

「宮本《みやもと》に頼まれたのかよ。くだらねえ」

「違うよ」

『宮本』というのは担任の名だった。まるでやる気のない教師で、クラスで揉め事があるとすべて学級委員の俺に振ってくる。秋吉は俺が担任に頼まれてやってきたと誤解したようだったので、訂正をすると、

「違う？」

と彼は、訝しげな声を出したあと、俺をじろりと睨み、凄んできた。

「何が違うんだよ」

「それは……」

俺も両親の不仲で心を痛めてきた。お前の気持ちはわかる——言いたいのはそういったことだったが、それは秋吉が最も言われたくない言葉だとわかっているだけに、言い淀んでしまった。

俺だって事情を何も知らない他人に、家庭のことを干渉された挙げ句『気持ちはわかる』などと言われたくはない。そんなシンパシーはいらないと突っぱねるだろう。

なら何を言えばいいのか、と咄嗟に俺は考えを巡らせ、おそらくその時点ではまったく自覚していなかった思いを口にしていた。

「僕が君に学校に来てもらいたかった。君と友達になりたいんだ」

唐突としかいえない俺の申し出に、秋吉は相当驚いたらしい。彼の足は完全に止まり、大きなその目でまじまじと俺の顔を見つめてきた。俺もまた彼の瞳を真っ直ぐに見返す。

やはり綺麗な目だと思った。傷つきやすいピュアな少年の瞳だ。この瞳を曇らせたくない。いつまでもきらきらと素直な輝きを宿していてほしい——そのときなぜか俺の胸には、自分でも驚くほどの強い決意が湧き起こっていた。

秋吉を更正させたいという思いが——。

「友達？　お前、ばっかじゃねえの」

と、秋吉が言葉どおり、心底馬鹿にした口調でそう言い捨てると、俺を振り切るようにして止まっていた足を動かし歩き始めた。

「馬鹿じゃないよ」

彼の隣に並び、俺も歩き始める。

「なんで俺がお前の友達にならなきゃいけねえんだよ」

「別に義務じゃないよ。ただ僕は君と一緒に高校生活を楽しみたいんだ」

「俺は楽しみたくねえよ。じゃあな」

秋吉が乱暴にそう言い、いきなり駆けだしていく。

「おいっ！」

待ってくれ、と俺もあとを追おうとしたが、彼の背には俺への拒絶しか表れておらず、追っても無駄か、と諦めることにした。

遠ざかっていくその背中を眺める俺の脳裏に、彼の澄んだ瞳が浮かんでくる。

友達になりたい——果たしてそれが俺の望みだったのだろうか。

親が不仲な者同士、傷口を舐め合いたかった。秋吉の家を訪れようとした当初の動機はおそらく、それだったのではないかと思う。

だが実際に秋吉と会話し、彼のピュアな瞳を見たときにはそんな後ろ向きな思いは消えており、ただ、彼のその『ピュアさ』を守ってやりたいと願うようになっていた。

その思いが一体なんなのか——当時の俺は未だ理解していなかった。だが、理解と行動は別で、その日から俺は秋吉の家に通いつめ、いかにもな不良少年の日々を送るのに飽きつつあった彼を再び登校させることに成功したのだった。

もしかしたら、あのときにはもう、惚れていたのかもしれない——俺の腕の中で、安らかな寝息を立てている秋吉の、長い睫が震えるさまを見ながら心の中で独りごちる。

親の離婚問題というシンパシーを忘れさせるほどに強烈だった彼の瞳の、脆《もろ》さを湛えた美しさに、俺は惚れてしまったのだろう、と——。

「ん……」

心の中で呟いたその声が聞こえたわけでもあるまいに、秋吉がまた小さく息を漏らし、俺の胸に顔を埋めてくる。

十八年が経った今も、少しも変わらぬピュアな輝きを宿している彼の瞳は、今、瞼の下に隠されている。

その純粋《ピュア》さが俺を惹きつけて止まないのだ、と思いながら俺は秋吉の背を、彼を起こさぬようにと気をつけつつそっと抱き締めると、汗ばむその髪に顔を埋め、あの日のままの決意を——このピュアな輝きを守ってやるのは俺なのだ、という決意を胸に、深く息を吸い込んだのだった。

あとがき

はじめまして&こんにちは。愁堂れなです。このたびは四冊目のダリア文庫となりました『不在証明～アリバイ～』をお手に取ってくださり、本当にどうもありがとうございました。

本作は二〇〇六年十二月にアイノベルズ様から発行いただきましたノベルズの文庫化となります。発行にあたり、神宮寺視点のショート『Pure』を書き下ろしました。既読の方にも未読の方にも、少しでも楽しんでいただけるといいなとお祈りしています。

今回イラストをご担当くださいました稲荷家房之介先生、素晴らしい二人を本当にどうもありがとうございました！　表紙の淫靡な雰囲気にもうメロメロです！　秋吉も骨のある可愛さがとても素敵なのですが、特に神宮寺の凛とした、そして影のある美しさに心臓射貫かれました。

お忙しい中、本当に素敵なイラストをどうもありがとうございました。次作でもどうぞよろしくお願い申し上げます。

担当のT様にも大変お世話になりました。本作の出し直しを是非ウチで、と仰っていただけて本当に嬉しかったです。これからもどうぞよろしくお願い申し上げます。

この作品を書いた頃、私には『綺麗攻ブーム』がきていたのですが、そのブームは今も続いています（笑）。綺麗な攻、いいですよね！　神宮寺は違いますが、過去には受だった攻とか、今度書いてみたいです。需要があるといいのですが……。

最後にこの本をお手に取ってくださいました皆様に、心より御礼申し上げます。影のある綺麗な攻と、鈍鈍《にぶにぶ》の可愛くも男らしい受の、二時間サスペンス風のラブストーリーを、皆様にも少しでも楽しんでいただけましたら、これほど嬉しいことはありません。

初夏には本作の続編『有罪証明～ギルティ～』も発行いただける予定です。その後の二人を本当に楽しみながら書かせていただきました。よろしかったらそちらもどうぞお手に取ってみてくださいね。

また、本作は春のダリアフェアの対象作品となっています。小冊子にショートを書き下ろしましたので、よろしかったらそちらもどうぞゲットなさってくださいませ。

ダリア文庫様からは他の作品も文庫化していただける予定になっています。詳細決まりましたらまた、メルマガやサイトでお知らせさせていただきますね。どうぞお楽しみに。

また皆様にお目にかかれますことを、切にお祈りしています。

平成二十二年二月吉日

愁堂れな

（公式サイト『シャインズ』http://www.r-shuhdoh.com/）

＊毎週日曜日にメルマガを配信しています。ご興味のある方は、00569516s@merumo.ne.jp に空メールをお送りくださるか、または http://merumo.ne.jp/00569516.html からご登録くださいませ。

携帯電話用のメルマガですが、パソコンからもお申し込みいただけます。

(以前の配信元より変更しています)

本編挿絵ではほとんど描けなかったので
2人の応援団衣装姿を♥

ダリア文庫をお買い上げいただきましてありがとうございます。
この本を読んでのご意見・ご感想・ファンレターをお待ちしております。

〈あて先〉
〒173-8561　東京都板橋区弥生町78-3
(株)フロンティアワークス　ダリア編集部
感想係、または「愁堂れな先生」「稲荷家房之介先生」係

❋初出一覧❋

不在証明～アリバイ～……………2006年アイノベルズを加筆修正
Pure…………………………………………書き下ろし

不在証明～アリバイ～

2010年3月20日　第一刷発行

著者　愁堂れな

発行者　藤井春彦

発行所　株式会社フロンティアワークス
〒173-8561　東京都板橋区弥生町78-3
営業　TEL 03-3972-0346　FAX 03-3972-0344
編集　TEL 03-3972-1445

印刷所　中央精版印刷株式会社